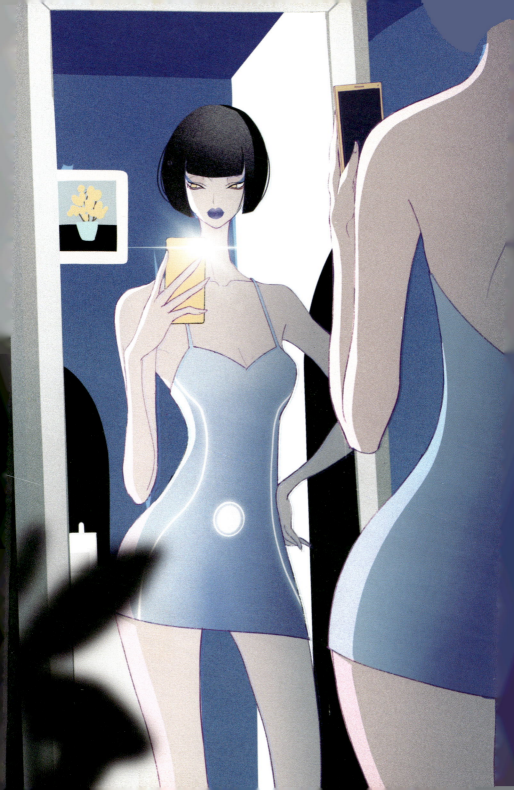

云上乐园

郑星 著

●

民主与建设出版社

·北京·

© 民主与建设出版社，2021

图书在版编目 (CIP) 数据

云上乐园 / 郑星著. 一 北京 : 民主与建设出版社，2021.1

ISBN 978-7-5139-3305-6

Ⅰ. ①云⋯ Ⅱ. ①郑⋯ Ⅲ. ①幻想小说 – 小说集 – 中国 – 当代 Ⅳ. ①I247.7

中国版本图书馆CIP数据核字(2020)第234337号

云上乐园
YUN SHANG LEYUAN

著　者	郑　星	
责任编辑	王　颂　郝　平	
封面设计	张娅君	
出版发行	民主与建设出版社有限责任公司	
电　话	（010）59417747 59419778	
社　址	北京市海淀区西三环中路 10 号望海楼 E 座 7 层	
邮　编	100142	
印　刷	湖南天闻新华印务有限公司	
版　次	2021年1月第1版	
印　次	2021年1月第1次印刷	
开　本	880 毫米 × 1230 毫米 1/32	
印　张	8	
字　数	182千字	
书　号	ISBN 978-7-5139-3305-6	
定　价	36.80 元	

注：如有印、装质量问题，请与出版社联系。

谨以此书献给我最亲爱的弟弟金璐意。

我会永远想念你，

直到我们未来再相遇。

The Cloud

云 上 乐 园

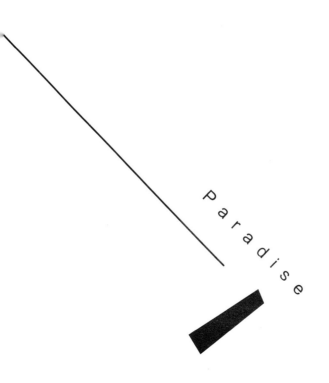

Paradise

Inspiration From The Star

星　之　所　想

Contents

目录

Chapter 1

第 一 章

一

云 上 乐 园

生活的考验才刚刚开始，
每一关都得自己去闯一闯，
才知道到底过不过得去。

〔01〕

瑜子觉得自己像是被养在水缸里的金鱼，每天从家里游到公司，再从公司游回家里，看似活跃而努力，实则惊不起水面一丁点儿涟漪。

不过算了，都到了这个年龄，谁还奢求什么惊天动地呢？

瑜子盯着面前蛋糕上的两个残酷的数字——2和8，内心暗暗地想着，然后觉得自己突然就失去了胃口。

她站起来，将蛋糕放进冰箱。在关上冰箱门时，她甚至也想把自己给关进去保鲜。但最后她还是窝回了自己的单人床上。

哦，是啦，二十八岁，瑜子还是孤身一人，实在是有些凄惨啊！

借着生日的氛围，瑜子开始为自己默哀，直到手机提示音将她迷惘的思绪打断。瑜子点开消息，发现又是之前消费过的产品品牌发来了生日祝福。

"瑜子小姐，蓝象祝您生日快乐！"

瑜子的脑海里立刻浮现出"蓝象"的logo（标志）——一只可爱的蓝色的大象。然后她也想起了这家以科技为核心、向各个领域拓展的公司的广告语："当你想象一只蓝色的大象时，我们已经让它诞生。"

这是个颇为傲气的句子，但它很好地表达了他们引领未来科技的决心。事实上，蓝象的确在用科技悄无声息地改变着人们的生活。随着资金的积累与技术的不断进步，它的覆盖力和影响力也在不断扩大。瑜子甚至都不知道自己消费了什么，就成了他们的用户。现在，她很好奇他们会在自己生日时送上什么礼物。

瑜子本以为会是什么优惠券，结果蓝象居然直接送了她一套VR（虚拟现实）体验套装，并且还在祝福短信后面这样写道：为了表达诚意，我们特向您免费赠送云上百货的VR体验套装。云上百货虽是一个网上商城，却可以让您在家感受逛线下商场的乐趣，直接体验产品与服务，并进行产品的购买。同时，它还拥有社交游戏的功能，可以为您带来多种乐趣。点击下方链接，即可获得内测资格及VR套装。

瑜子知道，很多年前，各大电商就在设想这样的购物体验，但没有一个平台能真正打造出这样的体验方式。现在，蓝象真的能让这样的购物时代来临吗？

抱着好奇心，瑜子点开了短信里的链接。第二天，她便收到了云上百货寄来的VR套装。

按照说明，瑜子在家里圈出一块空地，放上一块VR地毯。她站在地毯上，用脚轻踩了两下，地毯功能立刻开启。她的一举一动随即被捕捉，链接到云上百货中。而她若是移动脚步，地毯就会像跑步机一样跟随她动起来，确保她不会离开地毯的范围。最后，她只要戴上VR眼镜，就能看见那个虚拟的、宏伟又时尚的百货商场。

她发现，自己甚至可以选择这个商场的建筑风格。她可以让它变得古色古香，也可以让它新潮时髦；她可以选择它默认的普通商场状态，也可以选择它与动漫联动后的奇趣场景。

与此同时，她可以让自己想要去的商店直接出现在面前，或选择随机逛街，遇到什么看什么；她可以享受独自闲逛的乐趣，也可以选择社交游戏模式，让一同在云上百货购物的用户出现在她的世界里。走进商店，她还可以选择有人为自己服务，或者独自一人将店里的东西都试个遍……

这天，瑜子开启了社交游戏模式，走进一家奢侈品牌的服装店。导购小姐礼貌地向她介绍了最新款的服装，她乐此不疲地试穿起来。要知道，在现实世界里，瑜子是绝对不敢进这样大牌的店的。但是在云上百货，她可以肆无忌惮地体验明星钟爱的衣裳穿在自己身上的感觉。

那些华贵而富有设计感的衣服，着实让她在镜子前自信了起来。不过一瞄到衣服的价格，她的这份自信就泄了气。在云上百货，你只有下了单，才可以把虚拟的衣服穿出商铺（实体的衣服会快递到家）。瑜子知道自己不会购买，便安慰自己"体验过就可以了"，然后将衣服给放回去。

最后，她穿着自己现实生活中普通到黯然失色的衣服（在内测版中，人们在云上百货里的形象和现实中的形象是完全一致的，无法更改），走出了店铺大门。

结果好巧不巧，就在这个大门口，瑜子看见了一张熟悉的面孔。

对方也看到了她。

两个人四目相对，都愣住了。

"瑜子？"对面的男子开口，诧异地道。

瑜子张了张嘴，却吐不出一个字来。她怎么会想到，与初恋的再次相逢会是在这虚拟的百货商场里呢？

意识到方崎圳在打量自己，瑜子有些羞赧地低下头，顺势看到了自己身上那套糟糕的衣服。她的心顿时凉了半截。

该死！我怎么心这么大，穿成这样还敢开社交游戏模式逛街？

那一刻，瑜子真想冲回刚才的店铺，挑一件好看的衣服穿上。

至于她为什么没有立刻关闭社交游戏模式或者下线，那是因为，在潜意识里，她其实一直都想再见方崎圳一面。

〔02〕

瑜子和方崎圳相识在他们大二开学的第三天。

睡在瑜子上铺的小娅和方崎圳一起帮老师监督学弟学妹的军训，结果学弟学妹没中暑，小娅倒先晕倒了。她虚弱地躺在床上，一副气息奄奄的模样，却还担心自己辜负了老师的期望。于是瑜子受她所托，担下大任，顶着烈日跑去了操场。

找到对应的班级，瑜子就看到了方崎圳。彼时他正撑着一把伞，坐在看台上饶有兴致地吃着杨梅。

天知道他是怎么在九月份搞到南方五六月份才会有的水果的。

但瑜子来不及细想，方崎圳就朝她招了招手："你是来顶替小娅的瑜子？"

瑜子点了点头，走向他。

"吃颗杨梅吧。"方崎圳笑着从冰袋子里挑出一颗红得发黑的大杨梅递给瑜子。

瑜子愣愣地接过，咬了一口，满口的清凉与酸甜。

于是男生像是炫耀似的问道："好吃吧？"

瑜子虽然在心里嘀咕"我们这样，影响不太好吧"，但被方崎圳那清澈的眼神一盯，啥吐槽都忘了。等她好不容易想出自己正式的开场白，面前的男生却又转移了视线。

瑜子循着他的眼神看去，只见新生班里有个学妹突然瘫倒在地。

众人瞬间喧闹起来，方崎圳也腾地站起身来，丢下手里的伞与杨梅就冲了过去。瑜子后知后觉地迈开脚步，挤进人群，就见方崎圳将那个晕倒的女生公主抱抱起，直接就往操场外跑。

瑜子在一旁百无聊赖地打着伞，紧跟方崎圳的脚步。男生额头上的汗与绷起的肱二头肌悉数映入她的眼里。她一时间竟看得有些入迷。

直到过了一会儿，她才发现有什么地方不对。

"等等！方崎圳，医务室在另一边，你走错了！"

方崎圳没理她，自顾自地寻了一处阴凉的台阶，把怀里的女生像卸货一样扔了下去。

整个过程，瑜子看得莫名其妙。但她很快就知道了缘由。

只听方崎圳对那个"中暑"的女生道："别装了，想偷懒就在这里坐两分钟吧。"

佯装痛苦的女生见自己的谎言被戳穿，终于舒展了眉头，对着方崎圳甜甜地笑道："谢谢学长，就知道你最好了。"

她说话的语气竟像是在撒娇。

但方崎圳却板起脸，冷漠地说道："你已经演了三次，这是我最后一次给你面子，希望你能有自知之明。"

"学长，你这样对你以后的女朋友，你以后会后悔的！"女生娇嗔万分，看得瑜子身上起了鸡皮疙瘩。不过她也终于搞清了面前这是在上演什么狗血的戏码了。

勇敢追爱的学妹纠缠不休，冷酷学长被折腾得焦头烂额，那么她这位学姐又该如何是好呢？小说里是怎么写的呢？

鬼使神差地，瑜子的脑子里冒出一个想法，于是顺势开了口："小姑娘，那你准备把我这个正牌女友放在哪里呢？"

结果方崎圳跟她想到一块去了。

她的话，夹着他那句"你在我女朋友面前说这话不好吧"一起涌入了学妹的耳朵里。

于是两个人诧异地对视，憋笑两秒后，突然仰头大笑起来。

那笑声在学妹心里颇有讥讽之意，让她恨不得自己真的中暑晕过去。方崎圳在余光里瞄到她心如死灰的样子，暗暗松了一口气，决定请瑜子喝杯奶茶以示感谢。

在奶茶店里，瑜子咬着吸管，揶揄方崎圳魅力太大，才几天工夫就被学妹看上了。方崎圳则撇撇嘴说："我也搞不懂现在的女生到底在想什么，才见面第一天就发信息来告白。可世上哪有那么多一见钟情啊！"他顿了顿，又说："大概是闲着没事，想把爱情拿来当消遣吧。"

瑜子听完，慢慢地吸着奶茶，一句话都不敢接。

直到后来，他们真的在一起后，她才告诉他："我可不同意你当时的观点。"

方崎圳挠挠头，一板一眼道："嗯，你说得对。我同意你的观点，凡事都不能太绝对。"

瑜子盯着他看了两秒，两个人又一次默契地仰头大笑起来。

但那时她不明了，与她无忧的笑声重叠的那个笑声里，其实藏着一份不知该如何是好。

后来还是方崎圳的父母找到了她，她才知道原来自己的男朋友正在为是否出国留学而苦恼。他想为她放弃光明的前途，这可苦了方家的长辈。方爸爸和方妈妈只好亲自出面，恳求瑜子劝劝崎圳。话虽是这么说，但瑜子听出了更深层的含义，他们这是在劝她离开他们的儿子。

瑜子觉得这个场景实在有趣，于是忍不住低头偷笑。因为她没想到自己的爱情竟然可以像小说，起伏跌宕得如此荒唐。可后来她还是撇了嘴，委屈地流下眼泪。毕竟面对长辈纡尊降贵般的恳求，她怎么可能忍心拒绝？再说了，她也不认为方崎圳的前途可以被自己的儿女情长所左右。她选择了放手，免得两个人异国的坚守最后敌不过彼此的寂寞，变成更荒诞的小说。

只是从那以后，她再也没吃过反季的水果。

〔03〕

"哈，当年的事果然是我父母搞的鬼啊！"时过境迁，当两个人在云上百货重逢，他们终于能够以大人的姿态，轻松地审视过去的细节。

每个人的语气里都带有一份看透般的洒脱。只是有些话说完后会有一点微妙的沉默，就譬如现在。

此刻，他们正沉默地走在一个虚拟的大型超市里。方崎圳想买点生活用品，瑜子便也顺势佯装自己想买点家居用品。

很快，两个人就拐到了儿童用品区，方崎圳停在尿不湿的货架前。

"瑜子，你知道三岁的女孩该用什么型号的尿不湿吗？"

瑜子一愣，然后才摇了摇头："或许你应该问问你的妻子。"

她知道，方崎圳出国后的第二年便结交了新的女友。她曾偷偷上过他的社交网络，看见过他女友的照片。那个五官深邃、美得动人的女子，让她第一次真正领会到什么叫"我见犹怜"。

从那以后，她便再也没动过窥视前男友社交网络的念头，所以她甚至都不知道他早已喜得爱女。不过这也不是什么值得震惊的事，他们都快满三十了，有个孩子太正常不过了。

可提及妻子，方崎圳却露出了悲伤的神情，淡淡地说了一句："她一年前过世了。"

"啊？"瑜子慌张地道歉，"对不起。"

方崎圳勾了勾嘴角，说："没关系。"然后他自顾自地在货架前挑了起来。

总算买好了东西，方崎圳下单结账。这时，他才转过头来问瑜子："你呢？瑜子，你结婚了吗？"

瑜子没想到他这么快就会向自己提问，窘迫且慌乱地答道："没，还没有。"

"那男朋友呢？"

"还……还没有。"

于是两个人又陷入了微妙的沉默里。

好在这时刚好到了晚上八点，云上百货的整点红包雨来了。

"要抢吗？"瑜子转移话题，看向方崎圳。

方崎圳点了点头，两个人点击了红包雨游戏的确认按钮。

忽然，无数个闪着光的红包朝着他们飞来，他们开始在飞扬的光点里摘取红包，倒也别有一番乐趣。

六十秒结束，瑜子没能抢到一个有奖的红包，方崎圳手里倒是捏了几个店铺的无门槛红包。

"你需要吗？"方崎圳看着手里红包上的优惠项目，挠挠头，"这些我可能都用不到。"

"那你给我吧。"

"转赠红包要加个好友。"

"嗯。"瑜子点点头，向方崎圳提出了好友申请。

这样，他们下次就能更快地在偌大的云上百货里找到彼此了。

而她绝对不能像今天一样，穿得如此邋遢了。

所以当方崎圳下线后，瑜子快速调出了刚才所逛的服装店，疾步走了进去。因为她看到方崎圳转赠给她的红包里刚好有这家店的优惠券，并且两个小时后就会过期。她可得抓紧时间了。

〔04〕

年纪渐长，瑜子觉得自己已不是年轻少女，便渐渐懒得打扮自己。

她每天都穿得很朴素，将自己藏在办公室一角，一心只想把手头的工作做好，攒一笔钱好应付以后生活中突发的意外。可自从遇见了方崎圳，她发现，原来自己的少女心还在苟延残喘地跳动。

她丢掉了惯用的那支口红，在云上百货试了几次色，买了五支新口红备用，还买了新的睫毛膏、眼影盘、粉底液……衣服鞋子更是缺一不可，很多她平日里不敢尝试的品牌、款式，全挂进了她现实生活中的衣柜里。

有同事跑来惊讶地问她："瑜子，你这是谈恋爱了吧？"

"没……没有。"她如此解释，却没有一个人信她的话。

大家都揶揄她，说她把男朋友藏着掖着，一点也不大气。

她打着哈哈转移话题，心里却是欣喜的。

最近她开始享受跟方崎圳约在云上百货一起逛街，这个独自抚养女儿的单亲爸爸有着很多生活中的困惑。

该买怎样的奶粉，该买怎样的玩具，该买怎样的童书……这些都关乎孩子。

该买怎样的西装去见客户，该买怎样的食物更健康，该买怎样的洗衣液才能不损伤衣物……这些都关乎他自己。

瑜子对这些问题其实也一窍不通，可是为了方崎圳，她动用了网络、朋友，硬是把自己打造成了百科全书。

她享受他依赖自己的感觉，也享受自己依赖他的感觉——

"你觉得这支口红颜色怎么样？"

"你觉得我穿这件好看吗？"

"我觉得这个智能分类垃圾的机器人好可爱，我要不要买一个？"

他们就像一对新婚夫妻，在为他们的未来而购物。她对此感到愉悦，却又觉得有些心酸。

这本该是她在现实中的生活，现在却只能在虚拟的世界里与远在他乡的他一起感受。

不过说到底，她和方崎圳现在的关系到底是如何呢？她一厢情愿地享受这久违的幸福，或许只是一场虚妄的幻象而已。也许在方崎圳的心里，她其实只是个私人助理的角色罢了。

一想到这里，瑜子便失了神。

"在想什么呢？"方崎圳的声音将她的思绪拉了回来。

她慌张地摇头，晃着手中的杯子答非所问道："它还蛮好喝的。"

彼时，他们正在品尝某个饮料品牌推出的新品。据说这个虚拟品尝技术，也是蓝象耗巨资研究的项目。这让他们在线上就能判别自己喜欢的味道，从而不会在购买时踩雷。

方崎圳对这项科技感叹了几句，然后对瑜子说："喜欢的话，我买一箱给你。"

"一箱？那我岂不是要原地发胖？"她笑道。

于是他也跟着笑，说："那又有什么关系。"

下一秒，瑜子的购物车里就多了一份已经付了款的奶茶饮品。

瑜子怪他乱花钱，他揉揉她的头发说："这有什么呀。"

如此暧昧的气氛让瑜子觉得恍惚。同时，她身体里的每个细胞都产生了一股冲动。她想告诉他，自己其实一直都很想念他。同时她也想问他，我们能重新开始吗？

可惜方崎圳却没有给她这个机会。

"铂莉可能醒了，我得去看看。"

"嗯，去吧。"女儿重要。

后面那句话瑜子没说，她不想让他觉得自己是在嗔怪，他从不喜欢嗔怪的女生。

于是她挥手跟他告别，看着他在自己面前消失。然后她告诉自己，没关系的，来日方长。

只是从那以后，她再也没找到合适的时机说出那些话。因为云上百货内测版2.0突然升级后，竟取消了社交游戏功能。于是方崎圳就从云上百货消失了。

直到这时，瑜子才反应过来，她并没有他更多的联系方式。

〔05〕

瑜子打电话咨询蓝象为何取消社交游戏功能，不过蓝象也未能给她一个明确的答复。瑜子只好自己寻找联系方崎圳的方式。她没有方崎圳的电话号码，从朋友那儿打听到的号码也早已是空号。她只好登录他的社交网络，却发现他的页面也早已注销了。

瑜子觉得很奇怪，在这个信息如此发达的时代，自己怎么会找不到关于他的任何一点线索呢？可她转念又想，如果方崎圳有心，就算自己找不到他，他也是会来找自己的。

然而等了一个星期，他们还是没有取得联系。

难道他对她根本就毫不在乎？还是说他出了什么事无法与她取得联系？不管出于何种原因，瑜子都感到无比焦虑，觉得自己必须要在现实里再见他一面。

她从朋友那里找到了方崎圳曾经留下的在国外的住址。虽然不知他是否还住在那里，但她还是决定去那里碰碰运气。

很快，瑜子乘坐的飞机便降落在了巴黎戴高乐机场。取行李，坐出租车，被司机宰了几欧元后，瑜子终于找到了方崎圳曾经住过的房子。她满怀忐忑地敲开大门，却发现这屋子的主人早已不是方崎圳。

"您知道他搬去哪儿了吗？"她问那个给自己开门、脸上有着泪痣的美丽女子。

"不知道。"新主人摇摇头，关上门，留瑜子一个人站在台阶上失神。突然，瑜子的身子被人狠狠地撞了一下。她跄跄着倒地，胳膊摔出血来。而撞她的人非但没停下，反而提起她的行李箱疾步远去。

瑜子这才意识到，她被抢劫了！她爬起来想去追，结果一阵眩晕感袭来，她瘫倒在地。

后来，还是那位脸上有泪痣的女子和她的男朋友一起将她送到了大使馆。但奇迹般地，她因祸得福地在大使馆里见到了方崎圳。原来是大使馆的工作人员听了她来巴黎的原因，根据她给出的地址顺藤摸瓜找到了方崎圳现在的住所，并联系上了他。

一个小时后，瑜子终于在现实中再次见到了方崎圳。

这个急急忙忙赶来的男人胖了一些，头发也剪短了，却依旧挺拔帅气。他打量着瑜子，问她："你怎么来了？"

她忽然觉得委屈，也不管自己是不是太矫情，就扑到他的肩膀上哇哇大哭起来。他抱着她，拘谨地僵在原地。过了良久，他才告诉她："别怕，这不还有我吗？"

这句话太温情，让瑜子以为自己即将守得云开见月明。

可她很快就明白，是自己会错了意。方崎圳的那句"别怕"，不过是对昔日友人落魄巴黎的友善安慰罢了。

〖06〗

方崎圳新家的餐厅正对着东方，每天清晨，阳光照进来的时候，这里总是温馨异常。可今天的气氛却因为瑜子的加入而变得无比微妙。

此刻，坐在瑜子面前吃着吐司和煎蛋的，除了方崎圳和他的女儿铂莉以外，还有一个叫乔西娜的女子。

自从前妻去世后，方崎圳责怪自己曾经不懂珍惜家庭生活，索性封锁了自己所有的网络社交。而在此之后，他遇到了乔西娜。尽管她长得没有铂莉的母亲那么美丽动人，却多了一份令人觉得亲切的魅力。

此刻，她正缓缓地将吐司撕成细丝，喂给铂莉吃。铂莉有时被别的事物吸引了闹起来，她也不恼，仍耐心地哄着。

虽然方崎圳告诉瑜子他们还没有结婚的打算，但铂莉已然把乔西娜认成了母亲，瑜子便明白她之于方崎圳一定意义非凡。

不仅如此，乔西娜更是以女主人的姿态热情地招待瑜子，这让瑜子如坐针毡。瑜子感觉自己就像个不被认可的插足者，尴尬地面对别人的幸福，显得手足无措。

深受打击的瑜子心中腾起一股怒气，久久无法消散。

在乔西娜送铂莉去上学后，她拉住了方崎圳："既然你已有了新的归属，为何还要骗我？"

"我骗你？"方崎圳不明就里地看着瑜子。

瑜子抑制住鼻酸，道："你在云上百货说，你现在独自在抚养铂莉。"

"云上百货？那是什么？"方崎圳的眉头皱得更深了。

瑜子诧异地道："你没有上过云上百货吗？"

"没有啊！是哪家商场吗？"方崎圳又问。

瑜子定在原地，竟不知该如何向方崎圳解释这一切。

最后，她只是发怵地告诉方崎圳，等护照找回来了她就回国。

"虽然被抢了行李，但难得来一次，不再逛逛吗？"方崎圳好心地询问。

瑜子摇摇头，她已经没有留下来的理由了。她现在只想回家，蒙在被窝里大哭一场。她觉得自己太蠢了，蠢到被骗了还不自知，蠢到大老远跑来这里自讨没趣。那一刻，她想起了那个曾经被方崎圳拒绝的学妹，觉得自己现在和她没什么两样。

好在有大使馆委托警方，只花了一天时间就把瑜子的护照找了回来。

瑜子连夜买了机票要回国，方崎圳礼貌地挽留几次未果，便和乔西娜一起去送她。站在安检口，瑜子打起精神与他们微笑着道别。只见他们分别牵着铂莉的一只手，用空出的另一只手向她挥舞。

这画面温馨得令瑜子心碎。她告诫自己要认清命运，方崎圳的爱情无论如何起波澜，都与她再无任何瓜葛。可她在转身时，眼角的泪水还是忍不住流了下来。

她不是不甘心，只是讨厌自己被给予希望后又被摧毁所有念想，这让她无比委屈。

在回家的航班上，坐在她身旁的老人一路都在担心她的状况。老人给她递上纸巾，又对她说："小姑娘，我不知道你经历了什么，但所有事情都会过去的，别哭。"

老人用过来人的语气劝她，但同时心里也知道，对于这么年轻的姑娘而言，生活的考验才刚刚开始，每一关都得自己去闯一闯，才知道到底过不过得去。

[07]

瑜子觉得自己这一关肯定闯不过去了。从巴黎回来后，她请了年假，窝在家里闭门不出，邋邋遢遢得几乎发臭。在浑浑噩噩的睡梦里，她总感觉自己代替乔西娜站在了方崎圳的身边，两个人分别牵着铂莉的一只手。

她没生过小孩，也不懂为人母该如何，但她觉得，那一刻一定是幸福的。可是每当她醒来，看着空空荡荡的房间，便有些怅然若失。她如同迷途的孩子，面对前方未知的路，除了哭，一点办法也没有。

不，她还有事要做才对！

瑜子揉揉惺忪的眼睛，将目光投向那块VR地毯。

蓝象！那个欺骗了她的公司！她得为自己讨回一个公道！

她重新开启了云上百货，这一次，她要去服务部投诉。

在服务部坐镇的主管是一个冷峻的女子，脸上挂着过分礼貌的笑。

她问瑜子："瑜子小姐，请问您有什么事吗？"

"你们骗我！"瑜子开门见山，啪的一下将手撑在面前的办公桌上，"你们的社交功能虚构出了一个人物，诱导我在云上百货消费！"

"瑜子小姐，我想您在登录云上百货时勾选过同意条款吧？"

瑜子一愣，她的确在注册时快速地在同意条款前打了钩。

"同意条款上明确地写着：由于云上百货处于内测阶段，无法实现多人社交，用户需允许我们通过收集其以前在网络上存在过的数据，为其打造符合他们社交需求的人物陪同进行购物。而且一直以来，我们都将这个功能称为社交游戏模式，并非单纯的社交模式。既然是游戏，自然就是假的了。"

女主管保持着脸上的微笑，给瑜子调出了她当时勾选的条款。

"谁会阅读这么长的条款？"瑜子气恼地嚷道。

女主管不接她的话，只是抿着嘴，笑眯眯地看着她，似乎是想让她意识到自己说的话没有一点意义。

瑜子握紧了拳头："你们其实也知道自己是在诱导和欺诈消费者吧？不然你们为什么一声不吭地突然升级内测版2.0，取消社交游戏模式？不然你们为什么会在升级前，突然让人物送给我我喜欢的饮料作为补偿？"

女主管的脸色一变，瑜子便知道自己猜中了。但对方很快又恢复到原来的神情，说："瑜子小姐，我们取消社交游戏模式自有自己的打算，内测版嘛，设计的思路和营销的方向有所改变是再正常不过的。再说了，我们赠送您产品，是为了感谢您一直以来对我们的支持，并非什么补偿。"

对方回答得滴水不漏，瑜子气得只能吐出一句毫无力量的警告：

"我要去告你们！"

"瑜子小姐……"女主管巧舌如簧地开始劝解瑜子，这将是一件吃力不讨好的事。

可在气头上的瑜子只是不断地重复内心的不甘。

"我要告你们！"到了最后，她还是坚持自己的这个决定。

女主管不想她把事情再闹大下去，无奈之下终于松了口："瑜子小姐，我们能理解您的心情。出于人道关怀层面上的考虑，我们可以满足您一个要求——只要我们能做到，只要这个要求不是太过分。"

对方抛来了和解的条件，反而让瑜子突然泄了气。

"瑜子小姐，请您好好考虑一下。"

瑜子垂下头，脑海里闪过方崎圳的脸，闪过她与方崎圳曾在云上百货逛街的时光。她终于明白为什么有那么多人喜欢虚拟人物了。因为他们永远年轻，永远闪光，且永不消失。

"我……"瑜子张了张嘴，"我想让你们把我的云上百货的版本恢复到1.0。"

【08】

瑜子把云上百货当成了自我慰藉的游戏乐园，每天一下班，她就连上网络去见那个虚拟的方崎圳。她与他约会，和他一起购物，把时间一点一点耗在逛街上。不知不觉间，她竟被他怂恿着买下了许多商品。

面对着家里堆积如山的化妆品、衣物和零食，瑜子感觉不到一丁点购物的乐趣。尤其是在收到成堆的账单后，这一切的一切就都变成了负担。

她告诫自己不要再沉迷于虚幻的世界里，可现实中根本没有她留恋的事物，所以她总是忍不住登录云上百货，去寻找方崎圳的踪影。然后，她又鬼使神差地下单一件又一件商品。

这可怕的死循环让她充满负罪感，她自责、焦虑，却没有一点解决办法。

终于，她第三次写错了报表上的数字，惹得领导大发雷霆。

站在领导办公室里，瑜子觉得自己完蛋了。丢了工作，那些账单还怎么还？

可就在这时，办公室门口小心翼翼地探入一个人的头来。

"陈总，对不起，瑜子前辈那份报表是交给我制作的。这次数据出现错误，全是我的责任。"那是坐在瑜子的隔壁、今年刚入职的男生——覃子航。

可是她并没有让他制作过报表啊！瑜子皱起眉头。她看着覃子航被领导拉进来骂得狗血淋头，胆战心惊地咬紧了嘴唇。

半个小时后，他们才终于被领导放了出来。

在回工位的路上，瑜子终于忍不住问覃子航："你为什么帮我？"

"瑜子前辈，你犯三次错误比我犯一次错误受到的处罚肯定要重。"他推了推自己鼻梁上的眼镜，淡淡地说道。

瑜子无言，但心里有一丝感动。

等快要走到工位时，男生忽然又担忧地开了口："瑜子前辈，你最近是不是跟男朋友吵架了？"

"你好像很关心我？"瑜子想起之前她改头换面来上班时，第一个问她"瑜子，你这是谈恋爱了吧"的人就是他！

而此刻，被瑜子戳中心事的覃子航微微红了脸。

犹豫了半晌，他终于鼓起勇气："其实，我从一进来就挺喜欢瑜子前辈的。我之前还打听你是否单身呢。不过后来看你改变了穿衣风格，每天又急着下班，我猜你肯定是心有所属了。只是最近你好像总有心事似的，害得我也跟着担心起来，所以刚才我才多嘴问了一句。"

瑜子没想到他会突然说出这番话，感动之余，多了些讶异——自己沉溺于虚拟乐园，竟从未察觉身旁有真实的爱意。

就在她思索的片刻，覃子航有些不好意思地挠了挠头："啊，我这些话是不是会给你带来困扰？"

"没，没有。"瑜子忽然在心里做出了一个决定，她张了张嘴，缓缓吐出一句话，"其实……我没有男朋友。"

"真的假的？"男生转过头看着她，眼睛突然亮了起来。

瑜子觉得好笑，这个人怎么把什么事都写在脸上？可尽管心里这么想着，她还是正了正身子，冲他微微点了点头。

"曾经有，但是现在，没有了。"她听到自己最后这样说道。

〔09〕

半个月后。

"覃子航，帮我把这个快递寄一下。"

"瑜子，这是啥啊？云上百货？寄回给蓝象科技的？"

"嗯。"

"还是个VR套装？为什么退货啊？"

"没啥用，就退了。"

"可这好像是什么内测版，看上去挺厉害的。"

"让你退货就退货，怎么这么多话呢！"她不会告诉他，就是这个东西改变了她，又促使他按捺不住地询问她的感情生活的。

"好好好，遵命，瑜子小姐。"覃子航不再追问，赶紧应了下来。

"在公司请叫我瑜子前辈。"

"是是是，瑜子前辈。"覃子航打趣完，抱着快递朝门口走去。

瑜子却又叫住了他。

"怎么了？"

"没什么，就是……下班记得陪我逛街。"

"没问题。"

男生无比宠溺地笑起来，于是金鱼看到水面泛起了涟漪。

chapter 2

第 二 章

一

海 马 回 空 白

这些翔实的记忆，

她一天忘不掉，一个星期忘不掉，

一个月也忘不掉。

江童茉终于后知后觉地明了，

自己已经失去了遗忘的能力。

〔01〕

当别人都说你好看时，美而自知便是顺其自然的事。

江童茉知道自己算得上是大众眼里的美人，但她从未想过要靠美貌来出什么风头，抑或是获取些什么。因为父母的意外离世，她反而活得比谁都惜命，也更小心翼翼。可就算是这样，她还是感觉自己被人盯上了。

那时江童茉在一家创业公司工作，每天都要熬到深夜才能下班。回家的路上，她会去买打折出售的面包当作第二天的早餐。然而就是在面包店，她意识到有人在注视着自己。

一开始江童茉以为自己是像往常一样太敏感了，可三天之后，她从面包店出来时，竟被一只肥胖的大手扣住了肩膀！

"啊！"她尖叫着转过身。

背后的人露出不好意思的神情。

"对不起，我吓到你了？"他欠身向她递出名片，"我是木乔娱乐的丁桥。请问，你想当艺人吗？"

"艺人？"江童茉错愕地重复，丁桥却已经将闪闪发光的名片塞到了她的手里。

于是从那一刻开始，江童茉的人生发生了翻天覆地的变化。

她那张有着泪痣且美得不可方物的脸被丁桥迅速打造成为爆款，她成了大众熟知的明星。可物极必反，很快她就遭受到一轮网络攻击——

"江童茉除了长得好看点，还有什么本事？"

"对呀对呀，她出道时不是标榜演员人设吗？也没见她拍出一部好剧来呀。"

看着这些评论，江童茉羞愧万分。丁桥刚刚为她接下了一部古装大戏，这次她一定要证明给所有人看，她不是只有颜值！

可人最怕的就是心有余而力不足。

"这么多活动和广告要完成，哪还有时间啊？"非科班出身的江童茉演技本就不够好，奈何丁桥还不让她专心去上表演课。

于是新剧开拍的第一天，她就因为紧张而忘了词，气得导演直接摔了剧本，让她停工半天。

江童茉的心理防线就彻底崩溃了。她不是没想过要好好背台词，只是她根本没有多少时间来记剧本上的文字。

或许她应该辞演，顺了导演的心意。毕竟明眼人都能看得出，导演不喜欢她这种靠着流量支撑被投资方硬塞进来的演员。

可就在这时，有人和她一样被导演赶了出来。

听到开门声，江童茉迅速擦干眼泪，抬起头来，只见余绛挠着头站在她面前。

余绛和江童茉同是丁桥公司旗下的艺人，只不过他没有江童茉运气好，这些年来一直默默无闻地演着电视剧。但江童茉曾听说他是剧组背词最厉害的演员。

"怎么，你也没把台词背好？"她诧异地问他。

余绛反倒关心起她来："童茉姐，你还好吧？我担心你一个人难过，所以就过来了。"

担心我？江童茉更加讶异。

接着，她看到余绛小心翼翼地从口袋里掏出一个药瓶来。

"这是什么呀？"江童茉眯起眼，打量着印有科技公司"蓝象"标志的药瓶。

"如果实在记不住台词，你可以试试这个。"余绛从药瓶里倒出一颗蓝色的小药丸，"它是我记台词的秘密武器，可以帮助你提高记忆力。"

余绛将药丸递到江童茉面前，江童茉却不知为何想起了丁桥向自己递出的那张名片。

那时她不知道，这些都是改变她人生的瞬间。

〔02〕

绝大多数人都不知道，蓝象科技曾经研发过记忆药丸。但它在试用阶段过后就被有关部门明令禁止发售了。

"因为他们发现它会损害人的身体健康？"江童茉问道。

"不，它很安全。"余绛解释道，"但它的存在会产生'不公平'。毕竟它价格不低，本就注定只有一部分人才能使用。如果一个家境富裕的高考考生服用了这种药物，那么高考的公平性就被打破了。其他事也是同理。"

"原来如此。"江童茉看向余绛，问道，"那你又是怎么拿到这些药丸的呢？"

"丁总给的。你刚进公司那会儿，我又要拍戏又要应付学校的考试，丁总怕我吃不消，就送了我一瓶。但他也太小瞧我了，学校的考试对我来说太简单了，所以这药我根本就没吃。后来只有在遇到实在难背的台词时，我才会吃上一颗应付难关。"他眨巴着眼睛，轻声说道，"至于丁总是从哪里弄来的这玩意儿我就不得而知了。大概他是在这种药的试用阶段囤的吧。"

江童茉了然地点点头，又问："那这药的药效能持续多久呢？"

"大概四五天。后期需要的话，要重新服用。"

江童茉犹豫道："它真的没什么副作用吗？"

"反正我吃过几次，什么问题也没有。"余绛信誓旦旦地保证。

江童茉将信将疑地看着余绛，又看了看剧本上那一大段一大段的台词。试试吧。她的心中有一个声音在怂恿她。于是她咬咬牙，接过余绛手里的药丸吞了下去。

半个小时后，江童茉就体会到了它神奇的药效。她几乎只读了一遍台词，就轻轻松松将四页的内容完完整整地背了出来，让本想挑她刺的导演震惊不已。

总算扳回一城的江童茉心情愉悦地回了酒店，躺在床上辗转反侧良久，终于拨通了余绛房间的电话。

"那个……余绛，你能多给我几颗记忆药丸吗？"她不好意思地拜托道。余绛倒是十分爽快地答应了。

几分钟后，助理就替她从余绛那儿带回了那个印有"蓝象"标志的药瓶，里面几乎是一整瓶药丸。

"啊？他怎么全给我了？"江童茉诧异地数着药丸，它们多到甚至可以让她连续服用一年。

这时，助理露出暧昧的笑容："童茉姐，你还看不出来吗？余绛这小子喜欢你呀。"

"别胡说。"

"是真的。"助理八卦道，"他的手机屏保都是你上次参加时装周的照片！"

"你还偷看人家手机？"江童茉故意转移话题，看着像是责怪助理，语气却不自觉地轻快起来。

〔03〕

多亏了余绛的记忆药丸，江童茉的新剧拍摄变得轻松了不少。她几乎只用读一遍剧本，就能把台词尽数牢记，其间丁桥还给她找来了老师教她表演。渐渐地，江童茉的演技有了显著提升。

这时，剧组里的同事公开了江童茉拍摄的花絮，几个小片段的表演，情感表达自然且富有感染力，她的口碑终于完成了触底反弹。

她转过头看向坐在一旁的余绛，轻声道："谢谢你。"

"我又没做什么，不用谢我啦。"少年羞赧道。

江童茉笑道："难道不是你组织大家上网替我说话的吗？"

"我这还不是为了我们的剧嘛！"被戳中秘密的余绛嘴硬道。

江童茉哧地笑了一声，站起来说："走了，上戏去了。"

余绛手忙脚乱地跟着她朝片场走去，脸却不由自主地红了起来，因为下一场是他们意外接吻的戏。

开拍前，他甚至让助理找来冰块在脸上敷了好久。可一开镜，江童茉与他对上目光，他的脸就又变得通红。

"你小子给我专业一点！"突然，一个声音从场外传来。

江童茉和余绛惊讶地循声望去，只见丁桥不知何时又来探班了。此刻，大腹便便的他正抱着胳膊、皱着眉，跟着导演一起紧盯着监视器。

原本暧昧的气氛瞬间变得严肃起来。余绛像是被浇了一盆冷水，总算是按捺住了心中的悸动。江童茉也沉下心投入到角色里。

接吻的情节很快到来。余绛一把将江童茉抱住，吻住了她的唇。江童茉本该佯装惊讶地瞪大眼睛，然后推开他。可那一瞬间她分了神，竟让他就这么重重地吻着。

"卡！"导演的声音终于将她从一片混乱中带离出来。她赶紧与余绛分开，心却怦怦跳个不停。

"江童茉，你在想什么呢？！"一向对她客气的丁桥第一次对她怒吼道。

"对……对不起。"她惶恐地抬头，只见助理躲在一旁偷笑。

看来她已心知肚明他们之间的情愫，只有他们自己还隔着那层薄纱，不好意思掀开。不过好在余绛并非榆木脑袋，那天晚上收了工，等人群散去，他终于鼓起勇气冲到了江童茉面前。

"童茉，"他亲昵地叫她的名字，"我想问你一个问题。"

"什么问题？"

余绛深吸一口气道："你喜欢我吗？"

江童茉笑道："为什么问这个问题？"

"因为我喜欢你。"他笃定地说。

江童茉咧了咧嘴，问他："你想我怎么回答你？"

男生窘迫地愣在原地，一时间手足无措。

江童茉不忍再逗他，笑着凑上前，吻住了他的唇。

〔04〕

和余绛在一起后，江童茉越发注意自己的言行举止。在剧组里，她尽量不与他有过多的交集，只在收工后才偷偷溜去跟他约会。这是她的自我保护机制，因为她知道剧组的恋情发展得快，消散得也快，若不好好维护，结局难逃两散。再者就是丁桥最近频繁来探他们的班，若是被他逮到，他们俩肯定要被痛骂一顿。

不过后来江童茉意识到，他们的欲盖弥彰是瞒不过丁桥的。可丁桥虽然常在剧组里走动，却从未戳穿过他们。

或许他是在暗中保护他们的恋情？江童茉如此猜测，心里生出一份感动。

只是她没空再细想丁桥对他们恋情的态度，因为不知什么原因，剧组的拍摄延迟了一个月，她之前安排好的行程全被打乱。丁桥紧急调整通告，带着她见缝插针似的赶场子。

余绛知道她辛苦，也不好意思打扰她，只是每日照例关怀几句。

江童茉后来问他："你会不会觉得我冷落了你？"

余绛没回答，只是用他那澄澈的眼神温柔地凝视她，然后低头吻她。助理却在这时不合时宜地打来电话，说江童茉预约的表演老师赶到了剧组，要陪她练习明日拍摄的剧情。

余绛送她回去，两个人走在空无一人的小路上，一路无话。江童茉觉得气氛微妙，没话找话地说起了他给她的药丸。

"也不知道是不是错觉，我总感觉它的药效延长了。"她故意用轻快的语调聊起此事，"即使超过了之前你所说的药效时间，我好像也能轻松地记住很多东西。"

余绛却心不在焉地接话道："哦？是吗？所以你现在停了药？"

"没，还没有。"江童茉摇着头说，"最近事情太多，我怕掉链子，所以还在正常服用。"

余绛张了张嘴，刚想说些什么，就被赶来的助理打断："童茉姐，老师在等你。"

丁桥为她找来的表演老师是演艺界的前辈，江童茉不敢怠慢，于是急忙跟余绛道别，然后跟着助理一路小跑走了。余绛望着她远去的背影叹了一口气，落寞地转身回去，自习剧本。

这一夜，两个人再没有别的对话。

第二天，剧组一早就开工。江童茉流畅的台词、自然的动作与表情，很快便感染了在场所有人。这其中就有余绛。

看见江童茉这几个月突飞猛进，余绛由衷地为她感到高兴，却也由衷地感到失落。因为他知道，她只会越攀越高，或许有一天，他将再也无法触及。

江童茉在一片掌声中结束了这场戏的拍摄，回到休息室，坐在沙发上呜咽着继续为角色哭。

余绛听闻她沉浸在角色里无法自拔，赶来陪她，正打算轻抚她的背以示安慰，休息室的门忽然被推开。余绛吓了一跳，猛地收回手。只见丁桥大步流星地走进来，冷冷地瞥他一眼。下一秒，他又挂上温和的笑容，蹲下身来轻拍江童茉的背。

"没事吧？"他以老板关心下属的语气问她。

江童茉随即摇了摇头。丁桥站起来，对跟在一旁的江童茉的助理说道："你好好安慰她一下。她什么时候调整好了，告诉我一声。"

助理应了一声，然后送他出门。

这时，余绛叫住他："丁总，你的手机。"刚才丁桥蹲下身随手将手机放在了沙发上，忘了拿，余绛拾起送到了他的面前。

丁桥从余绛手里接过手机，说了句"谢谢"。这时，他的手无意中轻触到屏幕，屏幕亮了起来。

助理瞄到了屏保上的壁纸：江童茉。

〔05〕

经过将近半年时间的拍摄，江童茉的剧终于杀青了。

庆功宴上，江童茉喝到微醺之际，忽然发现原本坐在隔壁桌的余绛此刻已没了踪影。

她借着上厕所的由头出来找他，只见他正靠着酒店楼梯口的白墙默默地抽着烟。

跟他在一起这么久，她竟不知道他还会抽烟！江童茉皱了皱眉，疾步上前。

余绛听到声响抬起头，透过缭绕的烟雾看着她。

"有心事？"江童茉轻声问他。

"我们分手吧。"他淡淡地回答。

江童茉一时间哑然，愣在了原地。二手烟的味道呛得她快要流泪，可是她努力克制住了这份狼狈。

余绛开门见山，说得如此干脆，想必是在心里盘算了很久。事情还有转圜的余地吗？

她张了张口，终是忍不住地问了为什么。

余绛努力冲她扯出一个笑来说："我要去国外发展了，之前去面试的一部蛮有名的系列电影终于确定邀我参演了。"

邀请他的是一家赫赫有名的国际电影公司，他们旗下的电影在全球有着极高的票房，若他真能在其中某部电影里有出彩的表演，那他就不会再籍籍无名了。

这的确是个理由，但这个理由也确实太烂，江童茉不想再听下去。剧组的恋情总是难逃两散，她应该要习惯的。这么想着，她背过身去，脑海里却不断翻涌起和余绛在一起的记忆。

那时她以为这不过是暂时的伤感，可是很久以后，那些记忆还是不断地在她的脑海里汹涌澎湃，令她难以入眠。

那阵子，丁桥对她的状态颇为担心，特地为她减少了工作量，还时常带她出去散心。可不知是不是因为记忆药丸的缘故，过去的甜蜜点滴在江童茉的脑海里越发深刻。

为了逃避脑海里的那些画面，江童茉开始喝酒。她不敢去酒吧，就宅在家里试图把自己灌醉。是日，她又喝到脸色泛红之际，门铃响了。

她问对方是谁，来人说有快递需要她签收一下。通过猫眼，她瞧见对方身着快递员制服，便放下了戒心。她戴上口罩，打开门，不料对方竟猛地朝她扑了过来！

身材壮硕的男人压制着她，死死地捂着她的嘴巴。然后，他如同野兽般贪婪地剥去她身上的衣物，试图侵犯她。

"嗯嗯！"江童茉绝望地在地板上挣扎。

就在这时，她听到门外响起丁桥的声音。

"江童茉，你一个女孩独居怎么不关门？"丁桥推开了半掩的门。

下一秒，他就瞧见了那个假快递员。电光石火间，两个人迅速地缠斗在了一起。丁桥肥胖的身体被假快递员顶了出去，两个人扭打到楼道里。最后丁桥被揍了一拳，跌倒在楼梯上，假快递员则趁着这个机会落荒而逃。

而小区里骤然响起警车的警报声。

后来他们才知道，是住在江童茉对门的女生在听到声响后报了警，警方很快就抓住了犯罪嫌疑人。江童茉被侵犯的事也很快就被同小区的好事者抖了出去——

"明星住的小区也这么不安全啊？"

"听说那个人是'私生饭'！'私生饭'好可怕！"

网络上的讨论声沸反盈天，曾经消停了的黑粉们更是借此进行了无数恶意的揣测。

疯狂的留言肆无忌惮地涌到江童茉的社交平台上，刺激着她的每一根神经。就算她卸载了所有软件，那些可怕的字眼也仍在记忆里跳动。

明明她才是受害者，为何还要遭受诽谤与伤害？

江童茉痛苦万分地停止了工作，每天待在丁桥给她更换的住所里。

那些日子，她几乎隔一会儿就会缩进被窝里瑟瑟发抖地大哭。因为那场突如其来的侵犯一遍又一遍地在她的脑海里上演，那个恶心的罪犯的面貌也一次又一次地浮现在她眼前。

丁桥和她的助理在卧室外焦虑得手足无措，他们只能祈祷她尽快走出这一场梦魇。

可是过了很久很久，江童茉都还能清晰地回忆起当时的点滴。她忽然意识到，这或许是记忆药丸的作用。虽然她结束新剧的拍摄后就停止了服药，但它似乎已经让她的记忆力维持在了一个很高的水准，以至于她遭遇的所有细节都毫发毕现。

这些翔实的记忆，她一天忘不掉，一个星期忘不掉，一个月也忘不掉。江童茉终于后知后觉地明了，自己已经失去了遗忘的能力。

她用自身验证了这款药物的副作用。

而至此，余绛再也没有出现过。

〔06〕

蓝象。

"当你想象一只蓝色的大象时，我们已经让它诞生。"

海马回诊所的标志旁边印着合作方蓝象科技的标志与标语，江童茉的目光忍不住停留在那只可爱的大象身上。

没想到他们不仅研发了记忆药丸，还有消除记忆的科技。

不过这也不是什么新鲜事，在这个时代，很多医学机构都有这项技术。他们可以消除人类存放在大脑海马回里的记忆，让人类不再因过去的经历而无法继续生存。这项技术适用于参与过战争的军人、遭遇灾难的幸存者，自然也适用于遭受过侵犯的受害者。

然而想要申请消除记忆是一件很困难的事，它需要通过官方的判定、家属的同意等重重申请环节才能被允许。不过江童茉的事曾在网上被炒得沸沸扬扬，所以当她向海马回诊所提出强烈的个人意愿后，官方很快就给出了同意的结果。

"希望我给你的建议不会让你后悔。"走进诊所之前，丁桥对江童茉这般说道。因为是他向她介绍了这家记忆消除机构，也是他答应会带她去国外重新开始。

江童茉没有回答他，只是看了一眼诊所对面的智能广告牌。广告牌上正在播放余绛参演国际电影的新闻。

她闭上眼，最后一次回忆他的吻，然后转身走进了海马回诊所。

〔07〕

空白，空白，空白。

江童茉头痛欲裂地睁开眼，还是想不起过去的一切。

这时，她听到了熟悉的脚步声，那个名叫丁桥的男人端着牛奶和吐司走到了她的床边。

"吃早餐吧。"他对着她开心地笑。

江童茉想起她重新开始记忆的那天，他也是这样端着早餐出现在自己面前。

那时她问他："为什么我会在这里？为什么我什么都不记得了？"

于是丁桥拿出海马回诊所的报告告诉她，她曾经经历了很多不好的事情，以至于申请了消除记忆。之后他带她来了法国，准备重新开始新的生活。

江童茉将信将疑地看完一个个官方的盖印，才终于想起问他："你是谁？"

丁桥笑了，脸上的肉挤出一个愉悦的弧度。

"我叫丁桥。我是……你的男朋友。"

江童茉脸上闪过惊讶的神情，目光飘向海马回诊所的报告。果不其然，家属那一栏上写着丁桥的名字，上面还有官方的盖印。那么……他应该是可信的。江童茉模糊地认为。

可是她心里总觉得有什么地方不对劲。来巴黎后，她时常问自己，她以前会喜欢丁桥吗？

也许吧，以前的经历或许让她喜欢过他。可现在她还喜欢他吗？江童茉不清楚。她唯一能感知的事是，她现在确确实实依赖他。

巴黎是江童茉从未接触过的一个城市，她的衣食住行全要靠丁桥来安排。

丁桥似乎很热衷于帮她做这些事。他不回国工作的时候，常带她去人少的地方游玩，赏赏风景，吃吃美食。但他若回国去工作，就会要求他在巴黎找的阿姨看管住江童茉，不让她出门。

他说这是为了保护她。起初江童茉信了，可后来她发现丁桥只是在变相地控制她。

有一次，江童茉让阿姨放她出去散心，阿姨见她苦苦哀求，便破例同意了。可不巧的是，丁桥那天提早完成工作回来了，发现了此事。她与他理论，惹得他愤怒至极，甚至出手打了她。

江童茉第一次冒出想走的念头。然而她的护照、她的财产和她的一切都被丁桥紧紧地攥在手里，她无处可逃。

丁桥也很快意识到了自己的鲁莽，泪眼婆娑地求她原谅。虽然江童茉本能地觉得恶心，可最终还是心软了。

她说："我原谅你是有要求的……"

"我可以允许你外出。"丁桥心知肚明，"但阿姨要陪着你。"

江童茉无奈地点了点头。隔了良久，她才觉得这件事太荒唐，自己为何会如此卑微？难道只因为丁桥说全是为了她好？

江童茉伤神地转过头，看向窗外的巴黎，这座城市在黄昏里透出一股惨淡的哀愁。

〔08〕

说到底，江童茉是想要自由的。被阿姨跟烦了以后，她会故意支开阿姨，独自溜出去逛街。

结果这日，她感觉有人一路跟着她。她以为是阿姨识破了自己的小伎俩，偷偷回来跟着她，于是故意在转角堵阿姨。谁知她堵到的却是一个英俊的陌生男子。

"童茉，我终于找到你了。"那男子竟然叫出了她的名字。

江童茉讶异地问道："你是谁？"

"我是余绛。"余绛将她拉到角落里，她本能地紧张起来。

"我知道你现在失忆了，但有些事我觉得你还是应该知道。"余绛自顾自地说道。

江童茉不明就里地看着眼前急于想表达什么的余绛，默默地在背后掏出了手机，准备随时按下求救键。但下一秒，余绛的话让她产生了好奇。

他说："你和我都被骗了！这一切都是丁桥设的局！"

江童茉困惑地皱着眉头，听他火急火燎地说下去。

"你曾经跟我说，丁桥在面包店观察了你三晚才选择找你签约。可你仔细想想，一个真正的星探会这么做吗？他若是看上了你的容貌，按道理第一时间就会留下你的联系方式，他又怎么知道你还会再三出现呢？"余绛舔舔嘴唇，认真地分析，"后来我发现了一件事，丁桥曾经是你的学长。你可能不认识他，但他应该认识你。之后他接近你，也一定有他的目的。

"我就说，他明知我应付得了考试，为什么还要给我记忆药丸。因为你刚进公司的时候，我就偷偷喜欢你了。他一定是知道了这件事，明白如果你遇到麻烦，我肯定会想办法帮你。所以他才故意给你安排那么多工作，让你没时间背台词。他就是想让我拿记忆药丸给你！他故意给你制造痛苦回忆，让你深陷其中，被迫去消除记忆，他才好乘虚而入！

当然，这些都是后话了。

"当时发生的事是，丁桥在发现我们恋爱后，给了我一个梦寐以求的去国外发展的机会，并以为了你的前途为由让我离开你。他知道我其实是自卑的，知道我比谁都想证明自己。而我又太愚笨，竟单纯地相信了他的鬼话，害你后来遭遇了那……那件事。我很怀疑那个家伙是怎么进入你们小区的，明明你们小区的安保措施并不差，而且为什么丁桥那时又会恰好出现呢？"

余绛顿了顿，继续说道："那件事发生以后，我本想从国外飞回来陪你，可丁桥说我的出现会让情形更乱，于是我只能默默地关注你。我知道你去消除了记忆，知道你去了异国他乡，可我没想到你会跟他在一起！"

这时，努力想跟上节奏的江童茉终于忍不住打断了余绛的长篇大论："余先生，因为我没有之前的记忆，所以你刚才说的话我其实不太能理解。我只想知道，你为什么觉得我不会跟丁桥在一起呢？而你又是如何知道我们在一起的呢？"

"几个月前，你和丁桥在街上碰到一位晕倒的中国女生。你们送她去大使馆时，丁桥牵着你的手的画面被游客拍到，传到了网上。"

听余绛这么一说，江童茉回想起了那件事。当时丁桥还不想让她去，最后她说那位女生让她想起了自己，便坚持跟他一起去帮了忙。只是她没想到，就因为这件事，他们竟会被拍下照片。难道她之前是什么公众人物吗？

她困惑地听着余绛继续说下去。

"知道你们在一起后，我去问了你以前的助理。她离职后便与丁桥没了联系，但她一口咬定，你在消除记忆之前与丁桥只是员工与老板的关系。"

"原来如此。"江童茉想起了她重新开始记忆那天与丁桥的对话。

继而她抬起头，对余绛说："余先生，虽然你说的话我很多都听不明白，并且我也不确定是不是该全部相信你，但你还是帮了我一个大忙。"

江童茉像是松了口气似的扬起微笑，因为余绛至少给了她一个强有力的离开丁桥的理由。

她不用再担心自己的离开是在背叛丁桥，因为自始至终，她果然没有爱过他。

〔09〕

从楼梯一路小跑进房间，江童茉快速地整理起衣物来。她不知道自己要去哪里，但是她已经决心离开这场囚禁，为此她感到兴奋又紧张。

可就在她提着行李箱下楼时，却看到了堵在门口的丁桥。

"江童茉，你要干吗？！"

江童茉见自己的计划暴露，干脆把行李箱亮了出来："我要离开这里！"

"为什么？"

"你自己心里清楚！"江童茉提着行李箱走下楼梯，从丁桥身旁经过。

"我不许你走！"他说得咬牙切齿、怒不可遏，因为他不允许自己好不容易组建的生活这么快就崩塌。与此同时，他清晰地想起了那些曾经嘲笑过他的人说的话——

"就你这丑样，还敢暗恋江童茉？不自量力也得有个限度吧！"

"就是！连我们老大喜欢的学妹你都敢觊觎，真是不想活了！"

"没有人会喜欢你的，死胖子！你要是再敢送什么破礼物，下次我就废了你！"男生们口中的老大将一个礼盒狠狠地砸在了他的脑袋上，里面有他想送给江童茉的项链。

很多年后，丁桥还时常会想起那个屈辱的时刻，他们的笑声、礼盒砸下来的痛楚，一遍遍地折磨着他。

丁桥觉得要解开自己的心结，就要实实在在地扳回一城。所以当他有了一点成绩之后，他找到了江童茉。他跟踪了她三天才递上名片，是因为那时他见到她仍害羞不已。

后来他把心一横，决定实施自己的计划，这才出面拦住了她。

但其实从一开始，丁桥的计划只有一个模糊的概念。在此过程中，他也曾想过放弃。可当他看到江童茉和余绛在一起后，他的占有欲又蹿上了心头。看着她为余绛沉迷、为余绛哭泣，他嫉妒地咬了咬牙，决定将计划实施到底。

丁桥处心积虑地将失忆的江童茉带到巴黎，就是为了防止她或他人察觉到端倪。可现在似乎功亏一篑了！

丁桥看着跌坐在地上的江童茉，失神地想着。此刻，他心中的屈辱感正夹杂着怒气不断地喷涌而出。

他终是像他们所说的得不到她！他终是像他们所说的得不到任何人！

这一次，丁桥扬起了拳头。

"救命！"江童茉用力地呼喊着，跌跌撞撞地跑出了家门。

丁桥紧跟着她跑出来，作势要将她拖回去。

就在这时，一个陌生又熟悉的身影从街对面朝着她冲了过来。

下一秒，余绛便和丁桥扭打在了一起。

〔10〕

江童茉最后一次见到丁桥是在法庭上，她用自己满身的伤痕送他进了牢房。

而她终于获得了自由，又一次开始了全新的生活。

至于那个叫余绛的男人，江童茉听说他演的电影终于要上映了。她决定抽空跟安娜一起去看看，安娜是她在面包店一起打工的同事，也是她在巴黎认识的第一个朋友。

她们挑了巴黎最好的影院，买了两张电影票去看首映，结果在等待入场时碰到了前来宣传的主创人员。

安娜见到偶像，激动得上前要签名和合影。而江童茉只是站在人群外，静静地看着余绛。

初出茅庐的余绛没有太多人围着，于是他得以抽身走到她面前。

"你也来看电影？"

"嗯。"江童茉摇了摇手里的电影票。

"希望你能喜欢。"余绛笑了起来。

江童茉也不自觉地笑了起来，跟着他一起入场。

走向影厅时，江童茉看到走廊的墙壁上有一排影院合作方的标志，其中一个标志不知为何引起了她的注意。

那是一只蓝色的大象。

她皱了皱眉头，从它身旁经过。

那一刻，她像是想起了什么，又好像什么也没有想起。

Chapter 3

第三章

一

恋 与 近 生 活

在这个视频时代，

自己或许已无路可逃。

〔01〕

奥斯推荐的咖啡馆没有想象中那么特别，千篇一律的装修和味道单一的饮品让千梦觉得好无趣。她搅拌着咖啡，百无聊赖地看着玻璃窗外的街景，开始怀疑自己在奥斯身上花的钱是否值当。

彼时正值午后，阳光猛烈，人影寂寥，连街景看上去都萧条。奥斯为什么还要推荐我来这里呢？千梦神游天外，最后却被眼角的余光瞄到的那一丁点异常拉回了现实。

只见不远处的道路转角，一辆黑色轿车飞速而过，吓倒了一位蹒跚的老人。那辆车的主人没发现自己对老人造成的惊吓，如烟一般消失。而那位老人却倒在地上迟迟没有动静。

千梦的心猛地收紧，撂下喝到一半的咖啡夺门而出。而奥斯一路追随，同她一起冲向倒地的老人。

就在千梦努力回忆自己曾经所学的急救知识时，有人率先在晕倒的老人身旁蹲了下来。

千梦定睛一看，发现那是个留着长发的男子。他穿着白色的旧T恤，趿拉着拖鞋，将装着泡面的塑料袋丢在一旁，伸手开始帮老人心肺复苏。千梦没了下手的机会，只能边打急救电话边给两个人撑伞。

好在救护车很快到达了，两个人陪护着将老人送进了手术室。

"手术中"的提示灯亮起，千梦和那个陌生男子终于松懈下来，瘫坐在了手术室外的长椅上。

惊心动魄的混乱感还萦绕在千梦的心头，她不免对男子发出感慨："多亏了你。"

她本以为自己也会得到一些恭维的话语，结果男子久久未接她的话。千梦好奇地转过头，瞧见他此刻正盯着悬浮在他们面前的黑色小圆球，困惑地皱起了眉头。

"这是什么？"

他的面庞清瘦俊朗，声音却浑厚低沉，这奇妙的落差令千梦的心莫名地一紧。她顿了片刻才解释道："这是奥斯，我的vlog（视频博客）摄像机。"

"vlog？生活短视频？好久远的词汇啊。"男子不自觉地挺直身子，好奇地打量起奥斯来，"我以为它早就过时了，没想到现在还在流行拍这个玩意儿？"

的确，很久之前，网络上就曾流行过vlog这种记录生活的短视频。但由于拍摄的人数越来越多，内容越来越琐碎无聊，很快，这种短视频就被人厌烦了。不过就像时尚会回潮一样，这几年，它又重新回到了人们的视野里。

蓝象科技为此推出了这款名为奥斯的vlog拍摄神器。它是一个比手掌还小的黑色圆球，里面镶嵌着十个高清镜头，可以同一时间捕捉各个角度的画面。当拍摄者开启它后，它便会腾空，根据vlog拍摄技巧或按照拍摄者的拍摄习惯来进行跟拍。

它不仅解放了拍摄者的双手，还解决了拍摄者后期剪辑的问题，因为它附带了自动剪辑功能，数百个vlog模板，可以一键生成成片。

为了推广奥斯，蓝象科技还请来了当下最红的电影演员余绛为其代言。作为粉丝的千梦在看了无数条余绛的vlog后，也萌生了自己拍vlog的想法，入手了一台奥斯。

她把这些事告诉了面前的男子，却下意识地藏起了一些不想让他知道的事情。比如她其实从未成功地上传过一条vlog。

奥斯到手后，千梦才意识到自己的生活按部就班得毫无新意，拍出来的vlog被奥斯的系统直接判定为不宜上传。

就在她想当网红vlogger（视频博客博主）的美梦快要破灭时，蓝象科技发来了奥斯内测版VIP服务："奥斯VIP用户，每月只需199元，即可享受我们推出的vlog策划服务，替你策划vlog内容，指引你挑战生活的更多可能性，让你成为知名vlogger！"

千梦抱着试一试的心态购买了这项服务，于是她收到了可以听到奥斯拟人语音的隐藏式耳机，还有可以看到奥斯台词提示的隐形眼镜。戴上设备，她听到奥斯问她："你想要在vlog里塑造怎样的人设呢？"

当时她是怎么回答的呢？她好像说了"善良""果敢""敢爱敢恨"之类的词吧。

当天晚上，千梦一边回忆着一边盯着奥斯在半空中投射出的台词，补录素材。

她对着台词读道："今天我本来想去喝杯咖啡的，但没想到遇到了意外，幸好有好心人帮忙……"

这段素材和下午的内容一起被奥斯剪进了她的vlog里。而她今天的vlog被奥斯判定为三颗星——可以上传。

就这样，千梦发布了自己的第一条vlog。当晚，她就收到了很多网友的反馈。

"这条vlog好暖心！"

"博主人美心善！关注了！"

"哇，那个救人的小哥哥也有点好看呢！"

千梦回忆着评论入眠，甚至还梦到了下午的场景。她梦到她和那个叫尤旗的男子一起将老人送上救护车，等他们也坐上救护车后，她才瞄到咖啡馆和路口的中间竖立着一块警告牌：意外多发路段，注意安全！

奥斯之前知道这件事吗？千梦迷迷糊糊地在梦里想着。

但很快，她的梦境就被其他内容覆盖了。

〔02〕

千梦的第一条vlog让她获得了几千个粉丝，无数赞扬的评论塞满了她的私信，以至于她差点错过了秦曦的留言。

秦曦是那位老人的孙女。她在网上看到了千梦的vlog，得知她也是当天帮助奶奶的好心人，于是请千梦去她家吃饭，算是感谢。千梦本想拒绝，但转念一想，这或许是个不错的vlog题材，终是答应了下来。

到了秦家，千梦才发现尤旗也在。

"当时只有尤先生给医院留了联系方式，我还以为那日只有他一个人帮忙呢。"秦曦热络地拉过千梦的手说，"看了你的vlog我才知道当时还有你在，真是太谢谢你们两位了。"

"不客气，都是应该的。"千梦不好意思地指指悬在他们前方的奥斯道，"我今天也在拍vlog，你们不介意吧？"

两个人一同摇头，都表示无所谓。千梦这才安心地坐下来，拿起了刀叉。

席间他们聊起彼此的职业，千梦知道了尤旗是小说家，而秦曦是个专业的cosplayer（角色扮演者）。

"cosplay（角色扮演）？我读书的时候也很想尝试角色扮演，可惜因为种种原因没能实现。"千梦突然惋惜地感叹道。

"啊，这样啊！我家收藏了很多角色服装，你要不要试试？"秦曦顺势问道。

"可以吗？"

"当然可以了。"秦曦站起来，问尤旗，"尤先生，你想试试吗？"

尤旗愣愣地看着两个跃跃欲试的女人，想要推托，却听到千梦爽快地向自己发出邀约。

"一起来吧。"她的脸上绽开一个清澈的笑，令他一晃神，点了点头。

于是几分钟后，他们站在了秦曦的衣帽间里。

说实话，千梦之前其实从未想过要尝试角色扮演，只是刚刚奥斯听闻秦曦是cosplayer后，觉得这会是vlog里不错的小环节，就让千梦照着它给出的台词引出了这件事。

　　所以此时她手足无措地站在衣帽间里，对着她完全不熟悉的角色服装伤透了脑筋。

　　最后还是尤旗替她解了围："秦曦，你有什么推荐吗？我不知道自己可以扮演什么。"

　　秦曦灵机一动，对两个人道："要不你们来扮演'死神CP'吧！"

　　"死神CP"来自一部热门的动漫。尤旗扮演身穿西装、戴金丝边框眼镜的黑暗死神。千梦着一身红色长裙，扮演冷酷无比的红发死神。

　　秦曦对他们最后呈现的效果喜爱有加，硬拉着两个人一起拍照。

　　千梦笨手笨脚地摆造型，觉得"中二"又羞耻。反倒是原本一脸无所谓的尤旗仿若打开了新世界的大门，玩得不亦乐乎。看着他在镜头前摆出各种怪异的造型，千梦忍不住笑场好几次，原本的尴尬竟消散无踪，她心里莫名地期待这种快乐能够延长一些。

　　但是夜已深，他们也不好再继续打扰人家，于是两个人在秦家门口分别。

　　而此时，奥斯却在千梦的耳机里喧闹着。它说："千梦，我看出来了，你好像喜欢尤旗。我觉得你可以趁着这个机会跟他告白。"

　　"告白？你疯了吗？我们才见了两次面！"千梦压低声音骂道。

　　"那又如何？我只知道，如果你不告白，你们俩就没有下次见面的理由了。"

　　奥斯如此分析，千梦进退两难。她知道自己是有那么一丁点喜欢尤旗，但这种喜欢或许只是她对他第一印象的好感而并非爱。那奥斯为何又这般鼓励她向他告白呢？

千梦站在门口失神片刻，尤旗反倒先开了口："你是有什么想跟我说吗？"他敏感地察觉到什么，如此问她。

千梦看到奥斯在半空中投影出只有她才能看见的台词，慌乱地叫了两声。

"尤旗，我喜欢你。"她被奥斯吵得脑子一热，竟对着那句台词原封不动地读了出来。而尤旗显然没想到她会来这么一句，惊讶得在楼梯上一脚踩空，一屁股跌坐在了地上。

然后……

"然后发生了什么啊？博主不厚道啊，怎么给我们卡在这悬而未决的结局上！"

"博主好勇敢，一上来就告白！告白成功了吗？"

"我先关注了！期待下一条vlog！帅哥美女一定要给我锁死啊！"

当天晚上，奥斯替千梦上传了她的第二条vlog，还故意将尤旗之后的反应剪掉，留下了悬念。于是乎，千梦的粉丝一夜之间涨了两倍。毕竟，无论哪个年代，人们都十分好奇他人恋爱的八卦。

〔03〕

奥斯在千梦的vlog更新后的第三天才上传了当晚剩下的内容。

当时，一脚踩空的尤旗下意识地用胳膊肘去撑地，导致胳膊受了伤，在千梦的陪同下去了医院。在等待医生看诊前，千梦一个劲地道歉。尤旗的耳朵都快听出茧来，只好笑着打断她问："你刚才说你喜欢我，是真的？"

千梦下意识地摆手，于是尤旗沉下脸来说："原来你是在逗我啊？"

"没，没有。"

"那你是真的喜欢我咯？"尤旗凑近千梦，又把话题给绕了回来。

千梦闻到他身上淡淡的柑橘味和红酒味，一时间沉默无语。

而微醺的尤旗突然又与她拉开距离，定定地看着她。良久之后，他说："不管你喜不喜欢我，反正我挺喜欢你的。"

他像在朗诵诗词，每一个字都如鼓槌击起重音，铿锵有力。

于是视频弹幕里飘过一阵欢呼，堆叠的红色爱心几乎将整个屏幕填满。大家此刻仿佛不是在看普通人的vlog，而是在欣赏某部节奏明快的爱情短剧。

至此，千梦的视频账号有了明确的定位。奥斯开始将千梦的vlog的选题定为两个人的恋爱日常，顺势打造出一对网红情侣，让大家可以感慨"我又相信爱情了"。

而千梦对奥斯的选题也表现出了浓厚的兴趣。

假日出游，她会拉着尤旗去看音乐节，两个人在人群的狂欢中拥吻，引来粉丝欢呼；日常的周末，她会为尤旗手忙脚乱地做一份苹果派，惹得粉丝评价她好萌、好甜；闲来无事，她还会故意套路男友，向粉丝展示男友的贴心；尤旗生日时，她还策划了一个盛大的惊喜派对送给他，并用一段催人泪下的告白害得粉丝高呼"我酸死了"……

一条条甜蜜的情侣vlog，让千梦和尤旗渐渐成了视频网站上的热门博主。他们也接到了无数广告邀约，还经常被品牌方请去参加线下活动。每每出席这类活动，千梦总是拉着尤旗的手，形影不离。周遭的路人看了纷纷举起手机，要和这对闪耀的情侣合影。

千梦时常感觉自己如坠云中。毕竟她只花了几个月时间，就从籍籍无名的单身少女一跃成为身穿名牌、出入高级场所、人人羡慕的网红博主。

她很享受这种炫耀式的幸福，每次与粉丝合影也总是发自肺腑地微笑。然而她身旁的尤旗却一次比一次笑得敷衍。

尤旗其实不讨厌与他人合影，只是离千梦的生日越来越近，他就越发焦虑，没心情对他人笑脸相迎罢了。

说实话，尤旗是享受跟千梦在一起的感觉的，他也能感受到她倾尽全力要给予自己幸福。可如今光鲜亮丽的生活给他造成了困扰。

他可以放下工作，陪千梦出门拍恋爱日常；他也可以出镜推销她接下的卫生巾广告；他甚至可以为了她的视频热度，让她剃掉自己留的长发……但他可以让她的生日会平平淡淡、普普通通吗？

他在千梦的vlog里的人设可是暖心男友。他接受了她给予的盛大的生日派对，势必要还给她一个更闪耀的生日纪念。

粉丝在期待，品牌方在期待，千梦虽然从未向他提过，但心里大概也在期待吧？

他怎能辜负这些沉甸甸的期待呢？

深夜，尤旗一杯接一杯地喝着咖啡，在网络上搜索着生日派对的素材，努力规划着一场至少与自己的生日会匹敌的生日惊喜。而一个个素材窗口后方，他的工作稿件还是空白一片。

〖04〗

千梦察觉到尤旗在为自己准备生日派对，却不拆穿他，只是在心里默默地期待着。可后来她发现自己的这份期待里竟暗藏着担忧。她怕尤旗的思想太过直男，最后送她一份尴尬的礼物。虽然在奥斯眼里这也是一件有趣的事，可她如今毕竟是拥有百万粉丝的网红，接触到的方方面面都不应该掉价。

好在尤旗跟在她身旁耳濡目染了所谓的上流生活，最终安排的派对场所倒也称得上高级。

他包下了五星级酒店的旋转餐厅，请专业的策划师策划了一个星空主题的派对。如梦似幻的场景与玻璃窗外适时燃放的烟火，足以让千梦在朋友面前赚足面子，也让她的生日vlog流光溢彩。

千梦在镜头下表演着惊讶，表演着欢喜，表演着感动，顺势还流下眼泪，看哭了一众关注他们的粉丝。

"我要是有这样的男朋友就好了！"弹幕里全是羡慕的话语。

千梦敷着面膜，窝在尤旗的臂膀里，看着留言，终于有了片刻的心满意足。但很快她又开始烦恼起来。

"哎呀，这条vlog的数据怎么上不去呢？"千梦不知何时开始关注起自己视频的点击率，于是情不自禁地陷在了这流量的旋涡里。

而听着千梦言语的尤旗，心里忽然咯噔一下。他不清楚千梦是否在埋怨自己，他只知道自己似乎没有真正让她感到满意。

可是他已经尽力了。为了让她拍这条vlog，他熬了三天的夜，还几乎花光了自己的积蓄。他不清楚自己该如何努力，才能让一切匹配得上现在光鲜亮丽的女友。

但尤旗的这些思绪千梦都未曾察觉，因为在之后的日子里，她都在研究如何让自己的vlog获得更高的点击率。毕竟观众是很容易审美疲劳的，如果她只出类似的内容，那么她的数据只会往下跌。她得跟奥斯商量，做些新鲜的选题。

不过她万万没想到奥斯会提出如此过分的选题："我觉得你可以跟尤旗暂时分开一下。"

"你让我跟尤旗分手？奥斯，你疯了吗？"千梦本以为自己早已习惯了奥斯不按常理出牌的内容策划，但这一次，她依旧惊讶无比。

她以前听从它的指示，有了第一条可以上传的vlog，也交到了男朋友。可现在它这个荒唐的提议她再也不愿同意。虽然感情的波折的确容易吸引人，但……

"这种事很伤人的，就算只是在演戏……"比起更高的点击率，她还是更想要尤旗。

奥斯叹了口气，刚想再说些什么，就被低电量警告打断了。

"剩余电量5%，我将开启充电模式。"每到这时，奥斯就会换上更为尊敬的语气。

千梦看着它回到无线充电桌上，不自觉地嘟囔了一句："我是不是应该去升级一款可以太阳能充电的奥斯啊？"

〔05〕

虽然心中冒出了更换奥斯的想法，但千梦最后还是没能付诸行动。

对她来说，眼前这台奥斯已是她形影不离的好友。她同它相处越久，就越依赖于它。她习惯听从它的建议行动，似乎只有这样才能挖掘出生活里的新鲜乐趣。

这天也是如此。

因为尤旗要在家中赶稿，所以千梦独自去外省参加了一个线下活动。她提早结束行程回家，本想好好补一补觉。但奥斯说从机场回去的路上会路过一个漫展，秦曦的cosplay表演恰好会在那里上演，于是她为了拍点vlog素材，让司机先送她去了漫展。

这是她第一次参加这类活动，心中自然好奇万分。所以即使是走马观花，她也看得兴致盎然。她甚至还在其中看到了蓝象科技的展台，奥斯的拟人动漫形象在展台中间随着音乐起舞，几个年轻人举着手机围着它猛拍不停。

她一边走过蓝象的展台一边轻快地对奥斯说："没想到你还挺受欢迎的嘛。"

结果那个"嘛"字还未完全从口里说出，千梦的话就被眼前的画面拦腰斩断。

只见不远处的动漫展台旁，尤旗和秦曦正扮演着"死神CP"，笑容可掬地与观众合影。

她不懂尤旗为何会出现在这里，更不懂他为何会在合影后的空当突然偷亲秦曦的脸颊。

她只是下意识地闭上眼睛，催眠自己这只是一场幻梦。可她的心如塌方的断崖碎得无比彻底。

她终是睁开眼来，直视面前的残酷波折。

而尤旗像是获得了某种感应，也朝着她望过来。

千梦看到他戴了假发与眼镜，还化了cosplay的妆。她忽然嗤之以鼻地想：难道他以为这样别人就认不出他是谁了吗？

她觉得可笑，想上前与他理论，末了却发现自己只是杵在原地，一动不动。

于是那股怒气化为羞耻，害她率先落荒而逃。

回到家中，千梦将自己扔到沙发上，出神地盯着茶几上几个干瘪的苹果发呆。她不知道该如何去面对这一切，而这时，奥斯的声音在她耳边响起——

"千梦，我这里有几个备选的方案。第一，你可以收拾行李，潇洒地离开，这对你树立敢爱敢恨的人设很有帮助；第二……"

奥斯的话被开门声打断，千梦循声望去，只见尤旗塌着肩膀回来了。而他的脸上甚至还戴着那副动漫角色的金丝边框眼镜！

千梦以为他会对自己有所解释，不管这解释是欺骗也好，事实也罢，都无所谓。可尤旗只是一言不发地走进里屋，将自己的衣服一件一件地塞进行李箱。

他的冷漠终于让她失去了理智。尽管奥斯在耳机里不断地提醒她，歇斯底里的状态在vlog里并不雅观，但她还是冲进房间，一脚踢翻了尤旗的行李箱。

衣服从未关牢的箱子里散落出来，一地皱皱巴巴的白色。

千梦发现，自己给他买的奢侈品牌服装他一件都未带走。她气得浑身颤抖，终于听他开口道："千梦，我跟你在一起太累了。"

千梦不解："可我们明明很快乐，不是吗？"

"我跟你单独在一起时是很快乐，可每天被你头顶上那个小破球记录生活，真的太像是在被监控的牢笼里了。"尤旗像是想起什么荒唐的过往，嘲讽地笑起来，"因为有它的存在，我甚至不敢在家里懒惰地躺在沙发上，也不敢无拘无束地展示我的丑态。谁知道它会不会把这样的画面剪进vlog里，让网友去评价呢？"

千梦诧异地嚷嚷道："如果你不想出镜，可以早点告诉我啊！"

"可你愿意放弃你的vlog吗？"

他问她，她却一时语塞。

于是尤旗又笑了："千梦，我曾以为我可以配合你每天在镜头下的演出，可我发现自己不是个够格的演员。我给不了你你真正想要的惊喜，也无法跟上你光鲜亮丽的新人生，所以我只能选择退出。"

说着，他提上行李箱，转身推开房门。

千梦追过去，在他身后骂："这些只是你为你的不忠找的借口！"

尤旗也不辩解，只是冲她怜悯地笑了笑，然后关上了房门。

〖06〗

很久以后，千梦还是不愿相信尤旗会跟自己分手。她蜷在沙发上，语带哭腔地问奥斯："这一切是不是你和尤旗联手的恶作剧？"毕竟它之前提过分手的选题。她更愿意相信，尤旗是为了她的vlog有更高的点击率而暂时离开她。

但面前的奥斯摇晃了几下身子，否定道："千梦，当初我之所以向你提出分手的选题，是因为我有几个镜头捕捉到尤旗在你不注意的时候，开始小心翼翼地用手机跟别人聊天。根据数据经验，我判定一定有猫腻，而这猫腻有很大概率会让你伤心，所以我才希望你能尽早地离开他。"

"可当时我并没有选择离开他，是你令我发现了他出轨！"千梦困惑地道，"你怎么知道他和秦曦会出现在漫展上？"

"我这边只分析出漫展可能会拍出有趣的vlog素材，所以才会推荐你前往。至于你在那里发现了什么，我只能说是巧合。"

"巧合？"千梦不信，但奥斯不愿意再继续解释，她也没有办法。

这个时代就是如此，你知道自己深陷科技的旋涡里，却难以理解它的运作方式。就像没人会明确地告诉你，为何你在生活中第一次提起的商品，会在你点开购物软件后出现在推荐栏上一样。

千梦只能停止追问。

何况眼下她也没空去思考那么多问题，因为她上传的分手vlog成了视频网站当日播放量第一名。

无数人在评论和私信里安慰她，也有无数人在弹幕里臭骂尤旗。就在大家为这对"神仙眷侣"的结局感到痛惜之际，各大厂商也看到了千梦视频账号的数据增长，纷纷向她发出合作邀请。

千梦一时间被不断涌进的信息分散了注意力，甚至都没空去感受分手的悲痛。

几天后，在奥斯的建议下，千梦开启了她的"失恋日常vlog"。她会一个人去看展，为不知名的画作流连忘返；会一个人去品尝美食，介绍城市里的冷门餐厅；会一个人去健身，慢跑过傍晚的湖畔，出一身酣畅淋漓的汗……

她努力把自己演绎成一个不惧孤单的独立少女，获得了粉丝的交口称赞。所以即使失去了尤旗的相伴，她的视频的播放量依旧居高不下。

可只有千梦自己知道，每次结束拍摄，她都感觉心里空荡荡的。失恋的余劲其实在暗地里持续影响着她的心情，她几次三番想给尤旗打电话，询问他的近况，可最后都以放弃告终。

奥斯剪辑的分手vlog害尤旗遭受了无数网络暴力，她终究是不好意思面对他的。可事已至此，她除了暗自愧疚，又能做什么呢？她只好劝诫自己不要再多想，专心拍新选题。

这天，她在外面拍片子拍到奥斯电量耗尽才回家。一路上她都在低头回复厂商的合作邮件，以至于没发现有人在尾随！

直到那个人跟着她下了电梯，她才猛地反应过来有什么不对。她错愕片刻，想在那个人靠近自己之前开门进屋。结果她刚打开家门，那个人就将她推了进去。

房门关上时，那个男人已经跟着她一起站在了屋里。

"你是谁？"千梦惊声尖叫。

那个男人露出拘谨而暗藏疯狂的笑来："千梦，我是你的粉丝。我……我一直在关注你的vlog……我很喜欢你。你跟男朋友分手后，一个人一定很孤独吧。我之前一直给你发私信，可你从来不回复我，我只好大老远地飞来这里找你了……"

这半年以来，有很多人给千梦发私信，对她说些轻薄的话语。她把这些信息一股脑地全部清除，只当是网络垃圾。可她万万没想到，真的会有人在网络的另一端对她燃起如此狂热的欲望。

她按捺住自己心中的恐惧，一边安抚他一边趁机躲进了厕所里，并锁上了门。

她不知道那个男人会对自己做出怎样的举动，于是赶紧按下了手机的紧急求救按钮。

电话很快接通，对面却传来尤旗的声音："千梦？"

千梦这才想起自己曾将尤旗设置成紧急联络人。但此刻，慌乱的她已顾不了那么多，只焦急地对尤旗说道："尤旗，救救我……"

尤旗却在电话那头沉默了。良久以后，他才缓缓问道："千梦，你该不会又跟奥斯在套路我吧？"

千梦惊诧不已。分手多日，他竟还保留着这样的惯性反应。想来她与他拍过的vlog，大概都成了他的噩梦吧。

千梦愧悔无比地瘫坐在马桶上，一时失了神。而门外那位狂热的粉丝则开始疯狂地摇动门把手。

"千梦！千梦！"他的声音如同鬼魅，在房间里久久回荡。

〖07〗

砰！

不知过了多久，厕所的门终于被推开，千梦随即尖叫起来。

她作势要将洗手台上的瓶瓶罐罐朝着来人丢过去，但定睛一看，来人竟是尤旗。

"千梦，别怕。"尤旗顶着一头长发，身着白色的旧T恤，逆着光站在门口，一如她初见他时的模样。而他的身后，几个保安按住了那位不请自来的粉丝。

千梦惊魂未定，几乎腿软，尤旗赶紧上前扶住她。千梦随即闻到他身上淡淡的柑橘的香味。

他变回了原来的自己。

那一刻，千梦终于愿意承认，是她改变了他们原本的单纯和美好，然后将爱情彻彻底底地搞砸了。

〔08〕

"vlog是可以分享生活，但它也很容易让你暴露行踪。陌生人能轻易地通过视频定位出你平常的活动范围，这是一件极其危险的事。"

从派出所出来，千梦脑海里还萦绕着警察的叮嘱。

而送她回去的尤旗也一路都在懊恼，自己竟从未想到过这一点，给她一些提醒。

听着尤旗的道歉，千梦更加羞愧难当。

"应该道歉的人是我。"她缓缓开口，说了一句"对不起"。

尤旗笑笑，没再说什么。他将她送到家，还替她修好了厕所的门锁，然后才跟她告别。

目送他远去的背影，千梦红了眼眶。她知道，有些事一旦错了就难以弥补，所以她并没有追上去挽留他。她只是希望他的新恋情能让他轻松自在。

而她也应该有新的人生。这么想着，千梦启动了桌子上的奥斯。

"奥斯，我要取消VIP服务。"她对它下达命令。

"千梦，怎么了？"还不明白发生了什么的奥斯如此问道，"我们合作得一直很愉快呀！你不再考虑一下？"

"奥斯，谢谢你这些日子的陪伴。但我已经想好了，我要取消VIP服务。"

"千梦，不是所有买了VIP服务的人都能有你现在这样的成绩的。你确定要停止合作？"

千梦困惑地道："你们是不允许用户取消VIP服务吗？为什么这么拖拖拉拉？"

"不，我们当然可以帮你取消VIP服务，只是我觉得有点可惜。"奥斯说。

"奥斯，我最后说一遍，我不想拍vlog了，请取消VIP服务。"千梦的语气强硬起来。

"好的，千梦小姐。"奥斯终于换上尊敬的口吻道，"您的VIP服务已经取消。如有需求，可随时续订。为了感谢您一直以来的支持，我们将送您一百元代金券……"

千梦没有再听奥斯说下去，咬咬牙关掉了它，再把它塞回原来的包装盒里。

不久后，她在蓝象科技旗下的二手平台上卖掉了奥斯，一起被处理掉的还有她家的家具。

那时，她已经决定换一种环境生活。她用拍vlog赚的钱在法国巴黎租了一套房子，因为她听闻自己的偶像余绎和他的秘密恋人也定居于此。她想，那或许是个浪漫的城市吧。那么这一次，她要好好私享自己剩下的人生。

带着美好的憧憬，千梦坐上了去往巴黎的飞机。登机时，她看到一个陌生的男生慢悠悠地背着包朝她走来，他的面前悬浮着一台奥斯。

"不好意思，让一下。"他礼貌地示意千梦，他的位子在她的座位里面。

千梦侧了侧腿让他进去。

男生抱着包，在位子上坐下。末了，他转过头对千梦说："你好，我要拍点旅行素材，你介意吗？"他的意思是说，他的画面里可能会出现她的身影。

千梦想起自己的过往，正准备礼貌地表示最好不要，结果这时坐在他们前排的旅客转过头来，惊喜地对那个男生说："嘿，兄弟，我也有一台奥斯。"

说着，他也将他的那台奥斯启动。于是，客舱里又多出了一台vlog拍摄神器。

"哈哈哈，你也拍vlog？"

"对啊，对啊，分享美好生活嘛！奥斯可方便了。"两个人兴致勃勃地攀谈起来。

千梦揉了揉太阳穴，悲哀地想：在这个视频时代，自己或许已无路可逃。

Chapter 4

第四章

一

思　瘦

她爱上的男人是一艘没有锚的船。

他今日与她在一起，

明日便可与他人扬帆。

〔01〕

后来有记者问乔熙，你有没有羡慕过谁？

她不假思索，干脆地摇头，对着镜头营造出一种堪称潇洒的自信。然而随后，她却想出了一个名字来。

裘黎。她想，如果非要说她曾经羡慕过谁，那就是她的这位模特界的前辈了。

于是她接着又想起裘黎的婚礼，想起自己那天是如何在台下听着他们动人的爱情故事落泪。

她羡慕裘黎与爱人走过风风雨雨，终成眷属。她希望自己也能迈向这样的人生。可当她偷看身旁的禹一，发现他不仅未被他人的故事打动，反而用审视的目光打量新郎新娘的礼服时，她不安地明白，幸福是无法像儿时抄作业那样简单地复制的。

就在乔熙走神的瞬间，禹一掏出手机，拍下了舞台上两位新人亲吻的画面。

这一举动出乎乔熙的预料。她以为他终是有被这甜蜜的氛围感染，然而当她凑近他时却发现，他正对着照片上新娘的礼服做记号。

"腰身的设计可以更利落些。"察觉到乔熙靠过来，他颇为专业地对她说道。

"嗯。"乔熙轻声回应，却并不是真的在表示赞同，而是想赶紧结束这个话题，以免身旁的宾客听到他不礼貌的话语。

可禹一对此毫不在意，转而又研究起新郎的着装来。乔熙暗自叹气，知道他这并不仅仅是职业病那么简单。这位在圈子里颇有名气的设计师，从骨子里对极致的美有一种近乎变态的追求。更可怕的是，他的这种追求并不局限于衣着。

乔熙想起自己今早在衣帽间挑选衣服的场景。当时她近乎裸体，对着一排排出自禹一之手的礼服难以抉择，便唤他过来帮忙出主意。

她本以为这会是情侣之间的甜蜜互动，谁知禹一打量了她一眼，突然毒辣地问她："你是不是胖了？"

一句话，如恐怖片里的恐吓镜头，惊得乔熙浑身起了鸡皮疙瘩。当模特以来，乔熙每餐都吃得小心翼翼，每周的健身课也从不缺席。可随着年龄渐长，新陈代谢变慢后，她还是控制不住地胖了两斤。

区区两斤！她想，这不算什么，毕竟镜子里的自己还是苗条得令常人羡慕不已。然而禹一却对着她微微摇头。

"模特，不能失控。"他留下一句看似轻描淡写的叮嘱，转身给她挑礼服。

乔熙如犯了错的孩子，在冰凉的地板上焦灼地曲起脚趾。

整整两斤！她想，这已是大事。

所以乔熙又不由得羡慕起裘黎来。这位比她还瘦的前辈，拥有"怎么吃都吃不胖"的离奇人设。一开始，乔熙以为这不过是经纪公司为了炒作而硬加给她的标签罢了。然而与裘黎一起工作时，她不止一次亲眼看到裘黎吃完甜点又吃烧烤。那画面，足以让不敢多吃一分一毫的乔熙心惊肉跳。

"所以，前辈到底是用什么办法让自己保持这么好的身材的呢？"婚礼后的派对上，乔熙借着酒劲问出了深埋在心里的疑问。

裘黎勾起嘴角笑着说："秘密。"然后拿走了她眼前的纸杯蛋糕。

乔熙以为自己早已对饥饿麻木，可就在那一瞬，她竟饿得胃疼。她看着舞池里跟爱人举杯共舞的裘黎，突然沮丧地愤怒起来——为自己拼命工作，却不能满足地吃一顿饭；为禹一的挑剔与自己想要留住他目光的那份渴望；为每一份羡慕和每一份不安。

她自暴自弃地对着纸杯蛋糕伸出了手。忽然，另一只手扣住了她的手腕。

"来跳舞吧。"喝了酒的禹一暂时放下理智，盛情邀请她。

乔熙看着他的眼睛，刚刚心中所有的怨念如水溶于水般不见踪影。她知道自己不能不保持他所喜欢的美，因为自己不能不爱他。

那么，再饿一点吧，再多运动一些吧。她旋转起来，如指尖陀螺的握柄那样。

她被自己想到的这个比喻逗笑，停下来，再抬起头，却见裘黎红着脸站在自己面前。

她喝得太醉了，以至于变得异常感性。她拉着乔熙的手说："你刚才跳得太美了。你要一直这么美。"

乔熙感觉手里被塞了一张名片。她诧异地看着裘黎，裘黎再次笑出声来："秘密。"

乔熙点点头，将名片藏好，直到回到无人处才掏出来。

名片上印着简洁明了的字句——

蓝象科技×几美整形

私人定制服务。

改变你的胃，改变你的人生。

您将在五秒钟之后看到本诊所的地址与联系方式，请尽快记录。本名片将在您阅读十秒钟后自动销毁。

乔熙屏住呼吸，五、四、三、二、一。

〔02〕

乔熙听说过蓝象科技跟能消除人类记忆的海马回诊所有过合作，却不知道他们跟整形机构也有联系。更让她意外的是，这家整形机构的服务内容与常规的医美项目不同。

"比起简单地在人的外表上动刀，我们更崇尚由内而外地去改变一个人的体貌。"面前的医生如是说道，"所以我们这边推荐你的项目，跟裘黎小姐之前所选的项目是一样的。改变你的胃，让你吃再多东西也能拥有好身材。"

"怎么改变？"乔熙疑惑地问道。

"我们会让你吞下特制的药丸，药丸在你的胃里溶解后，会在你的胃壁上形成一层智能薄膜。你可以通过手机来控制这个薄膜的吸收程度，从而改变你身体的吸收能力。"医生解释道，"如果你想要达到极瘦的效果，那么就将吸收程度设为最低，反之亦然。"

　　"意思是我可以想胖就胖，想瘦就瘦？"

　　"可以这么理解。不过……"医生顿了顿道，"忽胖忽瘦是会危及人的身体健康的。我们通过科学的分析，设定了这个薄膜的调整次数为六次。"

　　"那六次之后是否可以注入新的薄膜？"乔熙追问道。

　　医生摇了摇头："我们的薄膜是永久性的，一生只能注入一次。所以还请你考虑清楚，是否要做这个项目。"

　　医生将同意书推到乔熙面前，起身准备离开，留给她独自思考的空间。可乔熙却叫住了医生，她没有什么好再思考的了。从医生的介绍来看，这个项目除了价格高点，再没有什么超出她预想的负面因素范围的了。

　　虽然永久性这个词难免让人担忧，但文眉、割双眼皮、削骨……哪个不是永久性的？与这些项目相比，现在的这个项目似乎更隐性而安全。

　　"请帮我安排时间吧。"乔熙在同意书上签好名，递回给医生。

　　半个小时后，乔熙躺在了手术台上。

　　在吞下特制药丸之后，一台机器对准了她的胃部。它可以帮助她的胃结膜，也可以监控结膜的效果。而在此期间，乔熙任由思绪抽离。

　　迷蒙里，她看到了自己从未在现实中见过的父亲。这个面容模糊的男人正抽着烟告诉面前的女人，他不希望她肚子里的孩子降生，这对他来说是个麻烦。而那个女人在思索片刻后，竟同意地点了点头。要不是她穷困到付不起一次流产手术的费用，拖拖拉拉错过了手术时机，乔熙将无法来到这个世上。

而她的诞生，注定让那个女人的生活更加拮据。乔熙就是在这样窘迫的日子里，度过了饥饿而痛苦的童年。因为家境贫穷、身材消瘦，她时常受到同龄人的揶揄。她那张本就不太讨喜的脸，在同学们的嘲笑下，变得越发阴郁而寡淡。

直到有一天，她遇到了禹一。

这个曾经出现在电视机里的男人，夸她的脸和身材有一种瘦弱的高级美感，还问她愿不愿意做模特。她当场愣住，不由得低头凝视自己的脚尖。直到这时她才意识到，她虽然挨了饿，很瘦，可身体还是比同龄人要高挑不少。这或许是那个只在母亲口述里出现的父亲的遗传基因导致的。

她想，既然他无法给予自己物质生活上的满足，那么便用他赐予的身体来换取好了。抱着一丝报复的念头，她对禹一发出一声过分轻快的应答："好啊。"

从此，她成了他的御用模特，他则成了她的依赖。

在仓皇的青春日子里，第一次有人教育她、培养她、照顾她，如朋友、如兄长、如父亲。

于是她将爱钉在了他身上。

可她彻底成熟后才发现，她爱上的男人是一艘没有锚的船。他今日与她在一起，明日便可与他人扬帆。

在经历了几次分分合合后，乔熙明白，谁也无法拔掉那深扎在他血脉里的劣根。她唯一能做的，就是让自己成为更美的风景，让他的目光在自己身上停留得更久一些。

"嘀！"机器发出完成操作的提示音，将乔熙从迷蒙里拽回。

她睁开眼，感觉胃部一阵温热。医生走到她身旁，提醒她进行第一次智能薄膜设置。

乔熙连上自己手机上的APP，将吸收程度设置为最低。

她想，这是一个模特应该做的。

〔03〕

为了检验胃的改变，趁着禹一出差，乔熙将十年如一日的沙拉换成了炸鸡、蛋糕和卤肉饭。一开始，这些油腻的食物令她反胃，可很快，食物带来的欢愉感令她心满意足。

常人是无法感同身受这时隔多年的放肆是有多么快乐的，就像常人无法体会当她站在镜子前，看到镜子"测"出她的体重不增反减后她有多么激动。

"果然如医生所说，它不仅可以控制吸收，还可以加快新陈代谢哦。"乔熙抚摸着肚子，满意地打量着镜子里的自己，听到屋外响起开门声。

她只穿着内衣，轻盈地踮着脚来到客厅，在回来的禹一面前优雅地转了一圈。这个眼光毒辣的男人立刻发现了她的变化。

他搂过她的腰，指尖轻压着她的皮肤，说："你瘦了。"

乔熙一边笑一边觉得他对女性的身材有这样的追求实在是偏激。可很快，她心里的埋怨就被他的吻覆盖，冒出蜜桃味的甜来。

　　那一瞬间，乔熙决定不将自己动了手术的事告诉禹一。

　　就让他误以为我是用尽了全力才达到这种效果的吧，或许他会因此更爱我一点。她卑微地暗忖。

　　所以之后的日子，每次吃饭，乔熙都小心翼翼地避开禹一，所有残渣也都处理得一干二净。同时，她知道智能薄膜能让自己的体重下降，但无法让肌肉呈现美感，于是更加努力地去上健身课程。食物和运动带来积极的满足感，令她由内而外地焕发出新的光彩。

　　而这一切，的确让她和禹一的感情升温不少，也让她的模特事业有了提升。她拥有了前所未有的自信与从容，甚至一度以为自己已做出一个船锚，能将禹一牢牢定住。

　　然而时间是肇事的游轮，撞碎每一份幻想。

　　当那位年轻到令乔熙也钦羡的女生成为禹一旗下品牌主推的模特时，乔熙便知道纵使自己再苗条也无法赢得这场胜利。这不是她妄自菲薄，而是这些年来对禹一的"看透"。

　　果不其然，没过多久，替她留意禹一的朋友发来了禹一与那个女生亲热的照片。

　　乔熙克制住自己的失望与心痛，藏在他们工作的场所，然后故意在他们亲热时现身。

　　那场面，令所有人都尴尬无比。但她就是要让他感到难堪和羞愧。这样，他总不至于那么轻易地忘记她。

　　可最后，反倒是她先忘记戳穿禹一后的大部分场景。她只记得自己把解约合同放在茶几上，拖着行李箱离开时，天空忽然下起了大雨。

她觉得太过应景，反而一滴泪也流不出来。

〔04〕

乔熙本以为自立门户便能在模特界继续风生水起，可她忘记输了人就输了阵的道理。

旁观者爱看女人之间的战争，她退出与年轻模特的比赛，将恋人拱手相让，不仅灭了自己的威风，更让那个女生获得不少关注。

"是我，我也选年轻漂亮的。"

"模特年纪大了，是应该退休了。'老人'争不过'新人'的！"

网络上的揶揄铺天盖地地刺激着乔熙的神经。乔熙尝试着屏蔽这些言论，但当她发现自己接到的合作邀约的的确确在减少时，她到底还是慌了。从此，乔熙决心让自己努力学习社交，试图在这个圈子里寻求到更有发展的位置。

这的确让她有了几个不错的工作机会。但她没想到的是，会有朋友推荐她去当演员。

"我认识的一个导演最近在筹拍一部电影，如果你愿意的话，可以去试镜。"

乔熙喝着酒，对朋友露出不自信的狐疑。

"你反正现在闲着也是闲着，不如去试试。"朋友劝道。

乔熙微微一愣，低头轻笑。是啊，反正闲着也是闲着。她想，不如真去试试，最坏又能坏到哪里去呢？

抱着这样的心态，她报了表演课，匆匆忙忙学习了一个月，就被朋友催着去参加试镜。试镜时演了些什么，因为太过紧张，她很快就忘了。她只觉得自己演得不尽如人意，注定不会入选。可最后她还是接到了导演的电话。她竟被选为了电影女主角！

乔熙以为对方打错了电话，反复询问结果的真实性。导演没好气地说："你没听错，我们真的定了你为女主角。"

"为什么啊？"

"因为你是唯一接受真实增肥的女艺人。"

乔熙想起这部电影女主角的设定是个爆肥的女生，也想起自己填资料时，在"是否同意真实增肥"的选项上选的是"同意"。她觉得有了智能薄膜的帮助，根本不用担心胖了以后瘦不下来。到时候她还可以树立敬业、励志的人设，引来大众的关注。

而电影的宣发团队与她的想法如出一辙，早已决定将这一点定位成宣发的重点之一。

"奥斯卡、金球奖获奖者克里斯蒂安·贝尔，在二〇一八年出演《副总统》时曾增肥三十六斤，后又成功减肥，出现在奥斯卡颁奖典礼上，成为众人讨论的话题。我们希望你能成为女版克里斯蒂安·贝尔……"导演在宣发团队的讨论会上调侃似的对乔熙说道，"至少是在体重上。"

乔熙尴尬地笑了笑，说："我会努力的。"她知道导演对自己的演技不太信任，于是心里生出一股倔强的火，越发认真地上表演课。

与此同时，她更改了胃部智能薄膜的设置，让它帮助自己以最快的速度增肥。

配上各种高热量的食物，没过多久，乔熙的身材和脸形就与之前大相径庭。

导演第一次对她露出刮目相看的神情。而网络上已出现所谓的路透照，掀起了一轮热烈的讨论。

乔熙知道，从现在起，她已没有回头的机会。如果她演得好，她的肥胖就是敬业与辛劳；如果她演得不好，那就会是黑历史。她不允许自己在这个年龄跌倒，于是拼了命地钻研角色。最后，她在导演的指导下，顺利地完成了整部影片的拍摄。

单看导演粗剪的成片，乔熙就隐约有种预感，自己会因为这部片子改变人生轨迹。

为了能在之后风光地走上红毯，她又开始减肥。

乔熙第三次更改了智能薄膜的设置，让自己又回到了吃什么都极少被吸收的状态。加上高强度的运动，她很快便恢复成原来纤瘦的模样。时间之短，令所有人都感到惊讶。

乔熙在人们的惊讶里找到了成就感。

可世事难料，就在电影进行紧张的后期剪辑时，与她有无数戏份的男主角闹出了丑闻，被全网封杀，电影制作陷入停滞状态。她原先的期待一下子落了空。

乔熙焦急地拨打导演的电话，导演叹了口气说："我们和投资方刚刚商讨出了结果。男主角的戏份要全部重拍。"这也就意味着，与他有超多对手戏的乔熙需要再增肥一次。

"我知道这不合情理，如果你拒绝，我也完全能理解。"导演的语气里满是无奈，"只是我会觉得十分可惜。因为看现在手头的成片，我真的觉得只有你才能胜任这个角色。"

乔熙知道导演从来不说假话，所以为这个盛赞感到讶异。

"如果你能重新加入，我们会把更多宣发的内容聚焦在你身上。我相信，这一次会引起更多的话题讨论……"导演还在电话那头拉拢她。可事实上，她已经做出了决定。

她幻想了无数次电影成功后的美好未来，不能亲眼看着它落空。所以无论要重拍多少次，她都要把这部片子完成。

不就是再让自己变胖吗？这对她来说太简单了。

乔熙不假思索地按下手机APP的设置按钮，第四次更改设置，将吸收程度调至最高。

〔05〕

电影的重拍结束在秋末。

乔熙比第一次更出色地完成了电影的拍摄。在确定一切没问题后，她又一次开始减肥。

她把胃部智能薄膜的设置再次调回了最低吸收程度，然后将自己关在健身房里。不过正常饮食下的减肥，比她曾经节食减肥要来得轻松许多，她很快就扛过了挥汗如雨的冬日。

春日来临，乔熙已经能穿上瘦窄修身的礼服，与主创团队出席影片的定档发布会。

走上红毯，面对无数闪光灯的一刹那，她听到记者们不禁发出了惊呼。因为他们都已知道她为了电影第二次增肥，却没想到她能在几个月的时间里又恢复到原先的魔鬼身材。

"哇！这身材绝了！看完我默默放下了手中的鸡腿！"

"剧照里胖得像头猪，现实中却瘦得皮包骨！乔熙对自己真狠！"

网友们更是将她两次迅速增肥、两次迅速减肥的"励志故事"刷上了热搜。整整一个月的宣传期，乔熙、减肥、瘦身等字眼不断出现在大众的视野里。

乔熙很感谢导演在宣发这件事上没有对她食言。而当电影上映后，她更感谢导演扬长补短的拍摄和剪辑手法，让她在电影里绽放出比在片场更惊艳的光芒来。

正如乔熙所料，这部片子成了现象级的爆款电影，每日的票房以亿为单位在累积。她所期待的风光无限，比预想中来得更迅猛而直接。

无数的电影邀约、品牌合作、颁奖邀请、专题采访……她得到了比当模特多上百倍的关注，更是以一个胜利者的姿态成了成功跨界的典范。

她成了励志的代言人，变得独立而自信。可当她再次见到禹一，才发现自己并不像如今大众眼中的她那般坚韧。她没想到，禹一依旧是她的软肋。

他看上去瘦了很多，胡茬在下巴上蔓延出一片青色，眼神也显得颓唐。彼时他正坐在酒吧后门独自饮酒，将装啤酒的易拉罐捏出爆裂的声响来。

乔熙走过去，居高临下地看着他。

他抬起头来，问她："你怎么来了？"

"你的助理打电话说找不到你，怕你出事……我猜你就在这里。"

他曾对她说过，心情不好时就爱来这个酒吧喝酒。从酒吧的后门可以看到远山，他喜欢同山沉默地对坐。

"所以，你是来看我的笑话的吗？"他冷冷地问她。

她摇头，坐在他身旁，陪他沉默地眺望远山。

"以后别再在喝酒时乱签文件了。"隔了良久，她才小心翼翼地说道，"被女友骗走新品牌和设计稿算不了什么……我相信你可以创作出更好的。"

禹一转过头，久久地凝视她。

"乔熙。"他唤她的名字，如他们曾在一起时那样。

"你是否恨我？"他问。

乔熙低头，脚趾在高跟鞋里微微曲起。

"我……"她张开嘴，想说什么，却被禹一的吻封印了。

这一次，他的吻不是蜜桃味，而是带着苦涩的啤酒味。

她理应推开他的。可不知为何，她就是僵在原地一动不动。她想起曾有人问她，她是真的热爱演戏还是为了证明自己。那时她以为是想证明自己，可其实不是，她只是想让禹一后悔失去自己罢了。

现在，他的的确确后悔了，那她是否可以尝试着原谅他呢？

〔06〕

曾有人说，据一份调查显示，有超过百分之六十的人最后会和前任在一起。乔熙不清楚自己会不会在"最后"成为这个数据中的一员。

与禹一再次复合后，乔熙心里总有一种说不清道不明的感觉。如挣扎的溺水者，在呼吸和窒息间来回切换。

她搞不明白缘由，于是时常对着禹一熟睡的脸庞发呆。

像是察觉到了注视，禹一颤抖着眼帘，睁开眼来。

"怎么了？"他含糊地问她。

她像受惊的鹿，从被窝里钻出来："没什么。"她一如往常，穿着内衣打开衣柜，对着一柜子的衣服困难地挑选。然后，她感受到他的目光正随着清晨的阳光在她身上游走。

"话说……"禹一欲言又止。

乔熙转过头，问他："怎么了？"

他终于用忍无可忍般的语气说："乔熙，你现在依旧很瘦、很美，但你身上这些白色的纹路真的不能再靠医美修复吗？"

乔熙一惊，猛地曲起脚趾。

因为快速增肥又快速减肥，她的身上有了一道道肥胖纹。虽然平日里被化妆师用遮瑕膏掩盖，但现在，它们真实地曝光在阳光下。追求极致之美的禹一自然难以容忍它们。

乔熙低下头去看身上的纹路，然后被一股愤怒擒住了心脏。

事到如今，禹一依旧只是把她的身体当成美的玩物！

她咬了咬嘴唇，疾步走到禹一面前，抬起手，狠狠地甩了他一巴掌。

"我要不要修复它们是我的事！"她用连自己都惊讶的声音驳斥他。

禹一愣在原地。

"当了电影明星就是不一样啊。"良久后，他露出一个冷笑，抓过衣服，甩门而出，留下乔熙独自一人跌坐在床沿。

乔熙失神地看着还火辣辣的手掌，不明白自己为何会大动干戈。可她慢慢感觉到身体里的某种不适正在消除，她甚至庆幸自己用这种羞辱他的方式结束了自己与他的感情。这样，她就再也没有理由去找他了。

于是乔熙开始专心手头的工作，试图寻找在电影圈的乐趣。可好景不长，她感觉自己的身体出现了异样。忽胖忽瘦带来的副作用除了肥胖纹，还有……

乔熙打开手机，搜索词条，被网络上描述的"病症"吓出一身冷汗。她赶紧找来一位私人医生给自己做检查。

对方综合种种因素分析，告诉她："乔熙小姐，你怀孕了。"

乔熙错愕得不知该如何接话。

她想，还不如忽胖忽瘦的副作用让自己生病呢！

〔07〕

手机屏幕上闪烁着过分简短的对话。

"要吗？"这是乔熙在告知禹一孩子的事后，给禹一发的问句。

"不要。"这是禹一过了许久后的决定。

于是乔熙用力在手机屏幕上打出一个"好"字，然后狠心地点击发送。之后，手机便再也没有响起消息提示音。

禹一已经做出了如她所料的决定，她便没有抗拒的理由。

毕竟她的演艺事业才刚起步，有一大堆工作等着她去应付，根本没空生养孩子。更何况，她不希望肚子里的孩子重蹈自己的覆辙，在一个没有爱的环境下出生、成长。

虽然早早地就做出了抉择，但乔熙就是无法鼓起勇气走进医院。

她慢慢意识到，母亲拖拖拉拉的基因也残留在了自己身上。那阵子，她时常梦到自己的母亲。她则成了怀孕的母亲身旁的闺密。

　　"你怎么还不放弃她？"她劝母亲，"你不要生下她！"

　　母亲摸了摸肚子，困惑地问她："为什么？"

　　她像罗列愿望清单般罗列出很多缘由，最后总结道："别让她来这人世间遭罪。"

　　母亲呆愣地看着隆起的肚子，最后还是摇了摇头，说："可她或许也能感到爱与快乐啊。"

　　乔熙忽然愤怒起来，怒斥道："你放屁！这三十年来，我并没有感受到多少的爱与快乐！"

　　母亲猛地抬起头看她。她发现母亲的脸和自己的脸一模一样。

　　"啊！"一阵腹痛让乔熙从噩梦中惊醒。借着床头的灯光，她看到被单上一片鲜红。不祥的预感像强风里的帆，猎猎作响。

　　120！她颤抖着手拨打了急救电话。

　　她终是舍不得的。在昏睡前，乔熙终于承认了这件事。

　　等乔熙再次恢复意识已是清晨，医院的消毒水味比酒更清冽，令她头疼。主治医师前来观察，说她暂时保住了孩子。

　　"暂时？"她抓住重点，诘问道。

　　"乔熙小姐，你的身体其实并不像你想象中那么健康。而且现在的你太瘦了，能留住孩子的概率比普通孕妇要小得多。我这边的建议是你要适当地增肥。"医生翻阅诊断报告，"而且我看你做了胃部智能薄膜的注入，现在设定的人体吸收程度也十分不利于孩子的生长。"

　　"那您的建议是？"

"根据你的身体健康数据，我这边的建议是整个孕期，你将吸收程度调到百分之七十三。这比正常人的吸收能力要高出百分之二十三，你生完孩子再调回来即可。"医生顿了顿，"不过即使如此，我也无法保证能百分之百留住孩子……事实上，我要很遗憾地告诉你，即使是努力调养，留住孩子的概率也要小于百分之五十，这一点你需要弄清楚。"

乔熙却根本不想再多考虑，她掏出手机，打开胃部智能薄膜的APP，将程度条拉到百分之七十三。就在她准备按下确认按钮时，页面忽然跳出一个提示框。

"为了您的身体健康，我们温馨提示：您的修改次数仅剩一次。"

乔熙愣住。她没想到自己这么快就把六次修改机会给用光了。如果她将程度条调到百分之七十三，她就再也无法将它调回来。那么以后她不仅无法"吃什么都不发胖"，甚至要比常人更容易发胖！

她好不容易起步的新事业，好不容易树立起来的新人设，岂不是会全部崩塌？更何况即使她按下了确认按钮，肚子里的这个孩子也不一定能留下来。她真的要用余生赌这一次吗？

乔熙捏着手机，定在病床上。

"你怎么还不放弃她？"她劝自己。

"你不要生下她！"她在心里对着自己大喊。

【08】

六年后。

乔熙在小蓝象幼儿园遇见同来接孩子的前辈裘黎，她依旧苗条到令所有女性都咬牙切齿。而乔熙已经开始控制不住地发胖，连手都变得肉嘟嘟的。裘黎甚至一开始都没认出她来。

"你改变了好多啊。"等反应过来站在自己面前的人是昔日的同事后，裘黎露出惊讶的表情。

乔熙对着她绽开笑容："前辈，你还是美得令人羡慕啊！"

裘黎将手搭在纤细的腰上，笑着说："你也很美呀！"

"前辈就别取笑我了。"

"我是说真的，虽然你胖了，但看上去比以前要从容快乐许多。"裘黎与乔熙曾经合作的导演一样，直来直去。所以得到这样的评价，乔熙一边惊讶一边将刚刚在鞋子里曲起的脚趾松开。

或许正如前辈所说，她在某种程度上变美了。透过幼儿园过道上的镜子，乔熙打量着自己。

然后她便听到了女儿的声音。

"妈妈！"娇滴滴如同春日嫩芽的声音破空而来。

她转过头，笑着对女儿张开了双臂。

曾经，她以爱之名，渴求被爱。如今，她不求目的，甘心去爱。

Chapter 5

第 五 章

一

无 疾 与 微 光

病魔、死亡也无法驱散的熠熠光芒，

那才是爱吧。

【01】

"婚前检查很重要，它能保证恋人们婚后的生活幸福。"

"可到了结婚前才发现恋人的身体状况有问题也太迟了吧？与其这样，不如在刚认识的时候就去了解对方的过往病史以及身体的健康状况，这样比较好吧。"

"哪有人刚认识就拉着对方兴师动众地去做身体检查的？！"

"所以啊，蓝象科技的这款新产品就很有必要了。"说话的人点开手机里的一份内部私密资料，炫耀似的将手机递到闺密面前，"你可要保密哦。"

"这不就是一部手机吗？"

"不，它其实是一台健康检测仪。只要将镜头对准被检测对象进行扫描，你就可以轻轻松松得到一份对方的健康报告。无论是遗传病史还是各种病变，都能得到及时的反馈，省了去医院排队做检查的麻烦。"

"这么厉害？"

"当然了。我们老板可是花了好几百万才弄到这玩意儿的测试版的！本来他想让我们人力资源部用它来筛选掉身体不健康的员工，结果不巧，被他女儿截和先拿过去玩了……"

"拿过去玩？"

"听说她要拿它去检测相亲对象的身体状况，以此来决定是否要跟对方进一步发展。"

"啊，果然有钱人才能提前享受到高科技带来的好处。"闺密露出嫉妒的表情，与她分享的人则为自己能率先得知这些八卦而沾沾自喜。

"听说我们老板的女儿可是十足的怪咖，坚持要当什么不婚主义者呢……"她小声又兴奋地议论着，像恼人的苍蝇，嗡嗡嗡的。

城市的另一头，午筱绮揉了揉发痒的鼻子，抑制住打喷嚏的冲动。坐在她对面的陈森竹颇有绅士风度地询问她："你还好吗？"

"嗯，还好。我有鼻炎，所以有时候鼻子会不舒服。"午筱绮说道，"当然，也有可能是谁在说我的坏话。"

这句话逗笑了陈森竹，可她知道对方的笑更多的是出于礼貌。于是她继续说道："对了，我这个人胃不太好，睡觉有时候还会磨牙……"

她直截了当抛出自己的种种病症，害得陈森竹露出"我们才第一次见面，不必如此"的尴尬表情。

午筱绮才不管对方是否尴尬，把面前的红酒一饮而尽后说："好了，该你了。"

"什……什么？"陈森竹窘迫了半晌才开口，"我倒是没什么毛病，身体一直都挺健康的。"

"真的吗？有体检报告吗？"午筱绮非常无礼地朝他伸出手。

对方看着她摊开的手掌，无语凝噎。

"既然你没有体检报告，不如我现场帮你出具一份好了。"

午筱绮干脆利落地从包包里掏出一台手机形状的健康检测仪，对准了陈森竹。

"这就是传说中蓝象科技的新产品？"家境同样殷实的陈森竹自然听说过科技圈的内部新闻，隐约猜到午筱绮手里的东西是什么。

午筱绮也不藏着掖着，爽快地点点头："你敢让我检测吗？"

"这……这有什么不敢的！"陈森竹和之前与她相亲的富家子弟一样，胸有成竹地挺起胸膛。

"不过有些话我可得说在前头。"午筱绮耸耸肩道，"我可是跟我爸妈说过，整体健康值低于九十五分的人我可是不交往的哦。"

"但我看你一直在相亲，应该很少有人能达到九十五分吧？"

"对啊，现代社会，谁还不是亚健康状态啊！"午筱绮眨了眨眼，"所以，你还肯让我检测吗？"

"如果我不肯测，你又打算拿什么理由来搪塞你的父母呢？"陈森竹笑道，"所以你测吧。就算低于九十五分也没关系，反正我也是被逼着来相亲的。"

午筱绮看着他一副大义凛然的模样，倒是对他生出一丝好感。不过这并不代表她要跟他成为男女朋友，所以她还是要先扼杀这次相亲。

午筱绮举起检测仪，将镜头对准了陈森竹。她按下检测键，镜头开始扫描。很快，一份完整的健康报告就出现在了屏幕上，与之相伴的还有一份整体的健康评分。

虽然午筱绮能猜到陈森竹肯定达不到九十五分的高标准，可她万万没想到他的分数会低于六十分。

为什么啊？午筱绮心里一惊，赶忙向下滑动报告，就看到了一条红色的警告提示。陈森竹的基因里有隐性的遗传疾病，而这种疾病目前无法被根治。它可能随时暴发，将他拖入深渊，也有可能会遗传给下一代，让下一代承担犯病的风险。

"怎……怎么了？"坐在对面的陈森竹似乎全然不知自己基因里的瑕疵，看到午筱绮露出异样的表情，随即也紧张起来。

"你之前没做过体检吗？"

"有做过啊。"

"那你知不知道你其实……"午筱绮犹豫良久，才将检测报告推到他的面前。

陈森竹看着报告，露出困惑又诧异的神情。

午筱绮想，他应该不知道此事吧。但她不觉得他之前的体检会检查不出这个结果。那也就是说明，是有人一直在对他隐瞒这件事。

那么，她现在告诉他的病情是对的吗？

看着陈森竹涨红的脸和颤抖的身体，午筱绮内心有些不安。

〔02〕

午筱绮觉得两个人若是相爱，并非一定要领证结婚才行。但她的父母可不这么认为，他们期望她能早日成家，免得日子久了，她会成为亲戚朋友口中的笑话。可父母喋喋不休的催促反倒激起了她的叛逆，让她更加坚定了自己不婚主义的主张。

结果没想到母亲比她还要倔强，这位平日里无事可做的富太太用尽所有手段逼着她去相亲。午筱绮最终还是拗不过，高举双手选择投降。就在这时，她从父亲那儿瞧见了蓝象的健康检测仪。她灵机一动，宣称只要对方健康评分达到九十五分，她就愿意跟对方交往。

"你自己都只有八十五分，凭什么对人家有这么高的要求？"母亲本来应许了她，但几次相亲下来，没有一位男士能达到这个标准，不免有些动怒。

午筱绮却说："我如何，跟我想要的另一半如何又有什么关系呢？再说了，您就这么希望您的宝贝女儿嫁给一个不那么健康的人吗？"

母亲被她的话堵了，生起闷气来。奸计得逞的午筱绮每到这时，都会轻快地哼着歌从她身旁飘走。

不过今天她是逃不掉的。这一次，数落她的是鲜少出面的父亲，陪着她一起被数落的母亲的脸上也露出慌乱的表情。

"陈森竹这个孩子天生敏感，胆子又小。老陈一家一直瞒着他他们家族的遗传病史，就怕他无法安心生活。结果午筱绮你倒好，直接把病情告诉了他，害他担惊受怕，气得老陈打电话来骂我。你说你是不是没事找事？！"父亲颇有威严的责骂令午筱绮不敢出声反驳。

母亲见状，企图打圆场，结果被父亲的冷眼吓了回去。

"还有你，你给她介绍谁不好？给她介绍陈森竹！一个疯疯癫癫、一个有病，凑成一对那还得了！"

"我怎么知道老陈家的孩子有遗传病嘛！"母亲不悦地辩解道，"而且哪有做父亲的说自己女儿疯疯癫癫的！我倒是觉得筱绮这次挺有远见的，提前发现对方有病，少了之后的很多麻烦。话说回来，老陈的老婆也真是的，儿子有病还撺掇着给他找对象，这不是成心祸害小姑娘吗？！"

母亲难得站在自己这边，午筱绮却高兴不起来。

母亲介绍她跟陈森竹认识时，用尽所有辞藻来夸他英俊潇洒，又夸他高学历、高智商。结果得知他有遗传疾病的基因后，他在她心里就变成了被嫌弃、被否定的存在。

这不仁道，也不公平。

可这些话午筱绮没能说出口。她不敢火上浇油再触怒父亲，毕竟他听了母亲的话，神情终于有所缓和。

母亲见状，小心翼翼地询问："我们是不是要去给人家道个歉？"

父亲说："道歉是自然的。不过筱绮就别跟着了，我自有办法安抚老陈。"

午筱绮知道他担心的是自己若出面又会生出什么事端，也知道他这是在维护自己。所以她心觉微暖，又感到一丝怅然。

这迷蒙的复杂情绪让她纠结了好些日子。可随着时间的推移，一切似乎又烟消云散了。

午筱绮没再听到有关陈森竹的消息，母亲也暂停了疯狂地给她安排相亲对象的举动，她因此有了可以轻松度日的机会。

结果又过了一个月，命运甩给她一记回马枪，戳破了她粉饰太平的宁静。

父亲公司的网络遭到黑客入侵，不少商业机密被盗，而这件事竟然也殃及了午筱绮。她的各种网络账号也遭到了信息窃取，其中一个云账号里保存着她使用蓝象健康检测仪检测出来的所有健康报告。

　　直到这些报告被挂上网，午筱绮才想起来，当初设置检测仪时，她默认了报告自动上传到云端，并留有被检测者的姓名、年龄等信息。这些信息是通过人脸识别的信息技术智能填入的，所以网友们很快便认出了这些报告的主人是谁。

　　"没想到飞羽集团的千金午筱绮小姐居然收藏着这么多富二代的健康报告。"

　　"看上面的标志，这是蓝象出的健康报告？"

　　"听说蓝象最近出了一款可以一键检测身体健康的检测仪，飞羽集团的老总花了大价钱才搞到手的呢！说是为了方便检查员工的身体状况，淘汰有犯病隐患的员工，结果被他女儿先拿去检测相亲对象了。"

　　"啊！原来如此！这些老板的心可真黑！不过楼上是怎么知道这些八卦的？"

　　"嘘——"

　　午筱绮翻看着网络上的评论，如坐针毡。更令她心惊肉跳的，是关于陈森竹的内容。

　　"没想到拾元集团的少爷陈森竹有遗传病啊！可怕可怕，姑娘们可千万别摊上他。"

　　"我要是女的，我就去嫁给他！说不定哪天他就死了，我就能轻轻松松地分得他的财产，哈哈哈——"

　　你永远不知道网络背后的人的心里到底藏着多么龌龊的想法，午筱绮盯着如雪花般冰冷又浅薄的语言，狠狠地打了一个寒战。

父亲就是在这个时候给她打来电话的。

[03]

午筱绮连夜被叫到了父亲的公司，灯火通明的大厦里还有不少员工在熬夜工作。午筱绮疾步穿过一个个安静的工位，推开了会议室的大门。父亲和他的公关团队神情严肃地坐在一块大屏幕前，被这次信息泄露事件搞得焦头烂额。

午筱绮很快就知道了自己被叫来的原因。

"既然关于午小姐的健康报告事件吵得沸沸扬扬，不如我们以此为重点，转移大众对我们公司内部资料、行政政策的讨论。"公关团队的领导打了个响指，屏幕上的PPT开始跳转，"我们首先要解释她看这么多相亲对象的健康报告的原因。如果按事实说明，网友肯定觉得她是在耍大小姐脾气，所以我们会给她编造一个患重病的恋人。因为父母反对他们在一起，并强迫午小姐去相亲，她才会以'相亲对象身体健康不达标就不与之交往'为借口，收集相亲对象的健康报告反对父母。"

午筱绮皱起眉头。

"我们公关团队会引导网友去讨论关于自由恋爱与婚姻的话题，从而削弱他们对我司其他事务的关注，午小姐也会因此树立重情重义的形象。至于午总及夫人，我相信网友也是会理解你们二位的行为的。"

"可这不就是在骗人吗？"午筱绮终于忍不住插嘴。

办公室里顷刻陷入阴冷的沉默之中。午筱绮看到父亲拿手撑着额头，眉头紧锁地看着PPT上的方案，一言不发。

良久，他站了起来，不由分说地道："就这么办吧。"

"爸！"午筱绮不悦地叫他，但他头也不回地离开了办公室，根本不给她反驳的机会。

午筱绮知道他这次是真的被弄得心烦了，自己若是再反抗，也就太不懂得体谅他了。

很快，公关团队就打点好了一切。

午筱绮只需要定期去看望她那个患重病的合约恋人，他们就能在网络上为她编出一段感人肺腑的情史。陪同他们一起演出的有病人的父母等亲属，甚至还有医院的医生和护士。

午筱绮每次来医院，都感觉自己像一个木偶，被某只无形且有力的大手拎进病房。

病房里躺着的瘦弱少年名叫樊逸，他从小就体弱多病，一年前病倒之后就被送来了这里。之后的日子，他的病情反复无常，近几个月来更是陷入了无尽的昏迷之中。为了给他治病，他的父母甚至掏出了为其弟弟上学储备的费用。走投无路之际，飞羽的公关团队找到了他们……

午筱绮看着躺在病床上纹丝不动的少年，叹了一口气。就在刚刚，医生过来查房，她问及他的身体状况如何，医生摇了摇头说："午小姐，您还是不知道的好。"

午筱绮闻言，没有再为难医生。可待医生走后，她又好奇起来。

她从口袋里掏出蓝象的健康检测仪，对准了病床上的樊逸。

一份健康报告迅速出现在屏幕上，密密麻麻的红色警告提示刺痛了午筱绮的眼睛。樊逸的肾脏、肺和肝脏上都附着着可怕的细胞，极度危险的警示标志与极低的健康评分充满死亡的气息，令午筱绮喘不过气来。她打开房门，想离开这间压抑的病房，却看见守在门口的保安正在阻拦一个女生探访。

混乱中，女生瞧见了午筱绮，随即嚷嚷起来："午筱绮，你们这群骗子！"

保安想要捂住她的嘴巴，结果被她狠狠地咬了一口。

午筱绮瞬间绷紧了神经。她克制住内心的焦虑，故作冷静地对保安说："让她进来吧。"

保安犹豫了一下，终是放开了那个女生。

"请问你是……"午筱绮看着跌跌撞撞冲到自己面前的女生，提出了疑问。

年纪尚轻的女生，青涩的脸上堆满了愤怒。

"我才是樊逸的女朋友！"她掷地有声地回答午筱绮。

午筱绮的脸一僵，随即将她拽进病房，并关上了房门。

樊逸与林尔尔从高中起便是同学。

那时，少年清瘦得如一碰就会碎的薄瓷，羸弱到令人不敢靠近，只有林尔尔喜欢同他在一起。他们时常一起窝在图书室里，度过每一段混沌的午休时光，他的忧郁和贴心渐渐令她眷恋与着迷。

他们一起考进了约定的大学，瞒着双方的父母相恋。

在一起后，樊逸时常问她："往后我要是天天生病，你会不会厌烦我？"

林尔尔一边骂他乌鸦嘴一边说同甘共苦才是爱情。

可自打林尔尔出国留学后，一切就都变了。遥远的距离令樊逸心生厌烦，他打来电话说要与她结束这场异地恋。

其实林尔尔隐约猜到了樊逸这一异常举动的原因。她曾经回过一次国，四下打探他的消息，却发现他们一家人早已搬离了原来的房子。她寻不到他，只好回去继续上学。

要不是以前的同学发来网络上的新闻，她到现在都无法确定樊逸在病房里躺了那么久。更令她诧异的是，那个陪在他身边的名叫午筱绮的女生，竟宣称自己与樊逸相恋多年。

林尔尔知道这不是真的。于是她带着满腔愤怒，跨越山河飞到了这里。

看着昔日的恋人躺在病床上，林尔尔无法控制眼泪。她声嘶力竭地诘问午筱绮："他都已经病成这样了，你们还要拿他来骗人！你们到底有没有良心？"

她痛苦地趴在恋人的病床前，几乎失去理智："我要去告诉所有人你们有多龌龊！"

她的责备如崩塌的雪山，压得午筱绮说不出话来。良久后她才恢复理智道："可你知不知道我们这也是在帮他？"

林尔尔愣住，抬起头用哭红的双眼看着她。

"我知道这样不道德。可是退一步讲，我们和樊逸的父母达成的协议也是在帮助他和他的家人。"

"你们……"年轻的女生想要控诉，可她发现自己好像失去了立场。

午筱绮看着她的错愕与迷茫，觉得现实真残忍。可她必须要帮父亲渡过这场危机，于是她只能去当一个冷漠的、只谈利弊的大人。

就在这时，房门口传来了声响。午筱绮循声望去，只见骗过保安的陈森竹逆着光站在门口，冷冷地看着她。

"呵，果然是个公关骗局。"他露出轻蔑的笑，对午筱绮失望地摇了摇头。

〖04〗

更深露重，午筱绮在床上辗转反侧，无法入眠。这几天她一闭上眼睛，就会想起陈森竹摇头的模样。这位单纯的小少爷真的信了网上撰写的公关稿，以为她有一段可歌可泣的爱情。可事实上，她并没有他所想得那么纯良美好。

午筱绮觉得自己一次又一次地伤害了他，却不曾亲自跟他道歉。

自责心起，她的心绪难以平静。第二天清晨，午筱绮裹上一件薄外套就跑去陈森竹家找他。

按了门铃后，陈森竹来给她开门。见到门外被冻得瑟瑟发抖的她时，他惊诧不已："你怎么来了？"

"我想来跟你道歉。"

"为了什么？"陈森竹轻笑，"是为了健康报告的事？检测是我让你做的，结果也是我让你给我看的，你并没有错。后来报告被曝光的事虽然给我造成了不小的困扰，却也不能怪你，全是曝光者的错。至于你们的公关骗局……你们伤害的并不是我，我也无权指责。所以午小姐请回吧。"

"可是……"午筱绮还想说些什么，拦住了准备关门的他。

陈森竹定定地看着她说："午小姐，如果你实在过意不去，那我给你提一个请求。"

午筱绮几乎是欣喜地回望他，然后就听到他说："别阻止那个男孩的女友去看他。"

自打林尔尔出现后，父亲的公关团队便视她为定时炸弹。他们晓之以理，动之以情地说服了她许久，才让她远离了樊逸一家的生活。

午筱绮每每想起这件事都愧疚不已，陈森竹的请求更令她自惭形秽。

她告诉自己不应该像父亲他们那般残忍，于是辗转找到林尔尔，并买通了守在医院的保安，允许林尔尔偷偷探望樊逸。

林尔尔对此感激涕零，并为自己之前的鲁莽向午筱绮道歉。

午筱绮没想到林尔尔见到樊逸那充满死亡气息的病态后，竟然还能如此爱他，心中有了难以名状的悸动。

同样令她没想到的是，某日前去探望樊逸时，竟在电梯里碰到了陈森竹。

"你怎么来了？"她诧异地问他。

"我刚刚还在想怎样才能骗过你们家保安呢。"陈森竹不似之前那般轻蔑地笑了笑，问，"我能和你一起去看看那个男孩吗？"

见午筱绮露出困惑的表情，陈森竹随即解释道："我只是想预习自己的以后罢了。"

午筱绮闻言，脸色一变，呸呸呸了几声，说："现在的医学科技这么发达，你一定不会有事的。"

陈森竹只是淡然地笑笑，没有再接话。两个人沉默地走到了病房的门口。

透过门上的玻璃窗，他们看到林尔尔已经来了。此刻她正蹲在樊逸的病床旁，吃力地俯身捣鼓着什么。

午筱绮推门进去，问她："有什么需要帮忙的吗？"

女生抬起头来，窘迫地道："我看到他的尿袋满了，可我不知道怎么换。"

看着她一脸焦急的表情，午筱绮和陈森竹双双愣住。

与此同时，他们注意到面前的这个女生如往常一样，努力把自己打扮得温柔又漂亮，神色憔悴的脸上居然还闪着微光。

他们突然意识到，这是她希望心爱的男孩在偶然醒来时能见到他所喜爱的她。

这一瞬，他们感觉有什么幻化为针，刺痛了他们的心脏。

离开医院时，午筱绮和陈森竹一路无言。两个人在停车场分别，各怀心事地回家。

那晚，午筱绮又一次失眠了，脑海里全是病房里的场景。林尔尔帮樊逸换好尿袋后，找到她说想看看樊逸的健康报告。

"你们的公关团队不愿意透露给我，可是我真的很想知道他现在的病情。"她哽咽着恳求她。

午筱绮问她："如果他的情况不太好怎么办？"

林尔尔顿了顿，说："那我至少能有一个心理准备。"

是吧，健康检测的作用也许只能提供一个心理准备。午筱绮心里想着，点了点头，从包里拿出了蓝象的健康检测仪。

镜头对准樊逸，扫描，出结果。红色的警告提示很快布满整个屏幕，他的整体健康评分与之前相比又掉了不少。

林尔尔看着那一行行触目惊心的数据结果，终于忍不住大声哭起来。

午筱绮不忍地别过头去，看到陈森竹的眼中也噙着泪。

窗外，风与露凝出冰花，冬日来临了。

〔05〕

入冬后的第二天深夜，午筱绮被手机的振动惊醒。是有人给她发来短信，告知她樊逸去世的消息。

午筱绮盯着那几个简单的文字，头脑发蒙。愣了许久，她才跌跌撞撞地爬起来，开车赶往医院。

父亲的公关团队已经在病房门口就位，他们要捕捉这个悲伤时刻，给午小姐的爱情故事画上一个圆满的句号。

午筱绮这时才明白他们为什么要选择樊逸成为他们悲剧故事的男主角。因为他命不久矣，更容易让她从喧嚣的风暴里脱身。

可这也……太荒唐了！她浑身颤抖着打量走廊上的每一个人。

这时，负责此事的公关组长贴心地上前说："午小姐，您若是害怕，其实可以不用进去。我们只要在走廊里捕捉一些画面就好了。"

午筱绮却不理会他的言语，焦急地问他："林尔尔呢？"

"林尔尔已经知道了，但她不方便出面，毕竟待会儿会有记者来。"组长说，"到时候您不必接受采访，我们会帮您处理后续的事宜。"

"让林尔尔来。"午筱绮突然冷冷地说。

"什么？"

"让林尔尔来啊！她才是他的女朋友！她才需要再见他一面啊！"

"午小姐，请您冷静一下。我们已经公关了那么久，不能在最后时刻功亏一篑啊！"组长紧张起来，"您这些话若是被别人听见，我们的集团和您的父亲肯定又会陷入麻烦之中！而且午总已经答应了会给樊家一笔补偿金。您即使不替您的父亲着想，也要替樊逸的父母和弟弟想想啊。"

所以你们就是这么说服林尔尔的吗？午筱绮看着组长转动的眼珠子，突然泄了气。

无力感排山倒海般袭来，她跌坐在走廊的长椅上，一时失了神。

忽然，不远处响起保安的声音："陈先生，您这次不能进去。"

午筱绮循声望去，只见风尘仆仆赶来的陈森竹无奈又悲悯地看着她。他们相望无言，可午筱绮感觉他眼里有某种温暖而坚定的力量在支撑着她，让这个夜晚似乎也没有那么冷冽。

午筱绮的父亲为樊逸张罗了一个体面的葬礼，午筱绮、陈森竹和林尔尔都如约出席。只是午筱绮被列为至亲，陈森竹和林尔尔则被划分到了朋友的阵营。

现场还来了一些记者，毕竟午筱绮的爱情在近期牵动了不少网友的心。葬礼结束后，他们想找午筱绮做采访，可午筱绮被保安围着无法靠近，最后他们只好旁敲侧击地从亲朋好友那里挖掘素材。

好巧不巧，一个记者逮到了林尔尔。

"请问您与樊逸先生是什么关系？您是否知道他与午筱绮小姐的爱情故事？"

林尔尔被突然冒出来的记者吓了一跳。

"我……"她错愕地盯着镜头，"我……我是樊逸曾经的同学。他人很好，但他和午小姐的事我不方便透露。"

午筱绮听到身旁的公关团队松了一口气，也听到公关组长小声地朝着对讲器暗骂："为什么没人事先将林尔尔带走？！"

那一刻，午筱绮很想冲过去，对着镜头喊出真相。

她不应该是那个被网友夸赞重情重义的女生，也不应该是那个被网友心疼的女生。林尔尔才是！林尔尔才是啊！

她企图扒开人群转身回去，可身旁的保安推搡着将她带离了现场……

葬礼过后，午筱绮只觉得自己精疲力竭。她瘫倒在沙发上，浑身难受，她想自己可能是生病了。

她颓然地拿出蓝象的健康检测仪给自己做了一个检测，健康报告上的健康值却告诉她一切正常。

午筱绮蜷曲在沙发上，不得其解。直到后来，她才想起这个健康检测仪是无法检测心理疾病的。

或许这一次，是她的心病了。

这些日子以来，她配合着演出虚假的故事，配合着接受网络上各式各样的评论，配合着忍受内心的愧疚与不安……她太累了。

午筱绮想找陈森竹倾诉，却在打开手机的一刹那，看到了关于自己父亲的报道。

他给樊逸办了葬礼，于是公关团队便写出通稿，夸赞他的慈爱。这被美化的善良如最后一根稻草，压垮了午筱绮最后的一道心理防线。

她一边抱着马桶干呕一边给陈森竹发消息，说自己想要讲出事情的真相。

陈森竹紧张地打来电话，问她："你考虑清楚了吗？你知道这样做的后果吗？"

她不知该如何回答，只是哭泣。半晌，她才哽咽着开口："我只是想把一切拉回正轨罢了。樊逸从未与我相识，在他短暂的一生中，不应该由我这个外人夺取他心爱之人的名分。"

陈森竹在电话那头沉默了。许久之后，他缓缓叹了一口气，说："别怕，去做你认为对的事。"

〔06〕

午筱绮也知道公开真相会掀起多大的波澜，但治病有时候就是麻烦又痛苦的事。所以最后她还是写了一篇长长的声明，然后点击了发送。

"只是后来看到爸爸又一次焦头烂额，我还是很难受，甚至怀疑自己是不是做错了。"彼时是冬日一个晴朗的午后，午筱绮探望完樊逸的父母，路过一家咖啡馆，碰到了陈森竹，与他聊起了近日由她引起的风波。

陈森竹却笑着宽慰她："也许对午叔叔来说，这一切并不是什么坏事。"

午筱绮不解地看着他。

他解释道："一个公司最怕的是病而不自知。午叔叔总想藏匿起公司里种种不好的现象，可现在他必须被迫去正视那些问题。或许只有熬过这场风波，飞羽才能成为一家更好的公司吧。"

午筱绮没想到他会这样想问题，不禁对他钦佩起来。

陈森竹又继续说道："其实，对人而言也是如此吧。以前爸妈害怕我承受不了，一直瞒着我，可他们不知道，只有我清楚地知道自己的情况，才会在生活中更加留意各种危害。"

说着，他拿出一部手机放在茶几上。午筱绮看到它背后印有蓝象的标志，知道那其实是一台健康检测仪。

"现在我每天都会很注意自己的健康状况，也变得越来越养生了。"他笑着说道，"不过在刚刚得知病情的时候，我也很害怕。但说到底，我们不都是在向死而生吗？"

一直以来午筱绮对陈森竹都心怀愧疚，现在听他这么说，她终于能由衷地松一口气了。

"真高兴你能这么想。"

陈森竹搅动杯子里的咖啡，突然想起什么似的说道："对了，其实我爸妈还有一个隐瞒我病情的理由。"

"什么？"

"他们害怕我在得知病情后无法去爱别人，也无法被别人爱。"陈森竹微微摇头，"可是我倒觉得此刻的我反而更懂得如何去珍惜了。至于是否会被人爱……就看命运吧。也许我也能遇到属于我的林尔尔呢！"

他们同时想起了那天在病房里见到的林尔尔。

病魔、死亡也无法驱散的熠熠光芒，那才是爱吧。

chapter 6

第 六 章

一

风 见 森 的 午 后

你做过那种梦吗？

那种你突然会清楚地意识到自己在做梦的梦。

现在，

风见森就在这样的梦里。

〖01〗

熹微的晨光照在玻璃上，卧室里的窗帘自动打开，床头的闹钟也跟着喧闹起来，吵醒了沉睡的风见森。他揉了揉惺忪的睡眼，从床上爬起来，简单地洗漱一番，吃完母亲留下来的早餐后再换上校服。

"我去上学了。"照例对着父亲的遗像道完早安，风见森慢悠悠地走向书房。

书房里铺着一张印有蓝象logo的毛毯，毛毯上摆放着与学校相同的课桌椅。他拉开椅子坐下，课桌桌面的屏幕随即开启，跳出今日的课程表。

"怎么下午又是两节化学课？"风见森不悦地关掉表格，戴上VR套装，按下"签到"按钮。脚下的毛毯开始闪烁微蓝的光芒，而他眼睛里的画面已是在学校的教室里。

"小疯子，今天又这么早？"坐在前桌的赵方宇啃着面包，疾跑着冲进教室，看向教室里风见森的虚拟投影，"真羡慕你可以在家上网课。哪像我们，需要每天紧赶慢赶，亲自在学校待着，连吃个早饭都不安生。"

"你要是得了自闭症，你也可以申请在家上网课。"有人不怀好意地撞了撞赵方宇的肩膀，"不过我真搞不明白，既然他有社交障碍，为什么还要选择这种虚实交互的模式呢？"

问句抛到了风见森面前，他却不知该如何接话，只能窘迫地低下头去。好在赵方宇很快就将话题从他身上绕开，聊起了近期的程序大赛，风见森才得以逃脱这尴尬的境地。但刚才那揶揄的话语仍萦绕在他的耳畔。

自闭症。他默念着这三个字，把头又低了低。

在风见森年纪尚小时，父亲因一场大病不幸离世。他唯一嘱托妻子的，就是让她好好将风见森培养成人。然而这个爱他如爱自己生命的女人却在日后发现，他们的儿子与别人家的孩子不一样。他不愿与他人交流，也缺乏与人交流的技巧，总是将自己封闭起来。于是她心急如焚地带他去看医生，然后就得到了一份自闭症的检查报告。

之后的岁月里，母亲带着他跑遍了大大小小的医院，用上了各种传闻中的高科技，却也只是让他的病情好转了一点点而已。

然而就是这"一点点"，令母亲备受鼓舞。她更加频繁地带风见森去看医生，尝试用各种方法治疗他。同时，她坚信风见森可以像其他同龄人一样上常规的学校。但是，奇怪又孤僻的风见森很快就在班级里受到了好事者的捉弄。有一次他为了躲避几个男生的恶作剧，还差点从学校楼顶摔下来。

这件事对母亲来说是个巨大的打击。她气得瑟瑟发抖，跑去学校要校长和老师给一个说法。校长一边道歉一边无奈地摇头，说："我看您还是把您的孩子带回家吧。"

这种搪塞的做法让她更气急败坏："这样的学校，我们不待也罢！"她带着风见森和自己骨子里的倔强甩门而去。然而冷静过后，她又懊恼不已。想让一所常规的学校收留风见森，何其难！

就在她焦头烂额之际，风见森原先的班主任给她打了一个电话。班主任听说蓝象科技与实验学校合作了一个网课项目，说不定可以解决风见森的上学问题。

蓝象科技用VR技术打造的网课并不是为了取代面授课程，而是为了让不方便到校上课的学生拥有获得同样教育的可能。网课分为独立学习模式和虚实交互模式。前者不需要与人沟通，只要按时听课和交作业即可。后者则可以以虚拟形象出现在教室，与现实班级里的老师和同学互动。

母亲思索良久，最终决定选择后者。她还是希望儿子能拥有与他人沟通的机会。毕竟这一次，她不用再担心谁会对风见森造成实质性的伤害。

就这样，风见森开始了网课生活。他每天的行动路线除了卧室、厨房，就是卫生间和书房。可他喜欢这样的生活吗？他没有告诉母亲，他其实过得比以往更艰难。

尽管在原来的学校有好事者喜欢捉弄他，但仍有几个好心的同学会给予他帮助。可上网课后，他每天像幽灵一样出现又默默下线，变得越发特殊，越发格格不入。就算他获得了别人的关注，也是像今天早上这样的揶揄。

风见森不断回想着早上的对话，终于熬到上完上午的最后一节课。同学们招呼着一起去食堂吃饭，他则悄然下线，走进厨房煮了一碗方便面。

百无聊赖地吃完饭，再看一会儿漫画，午休时间就结束了。风见森再次回到书房，戴上了VR设备。

马上要开始上化学课，他得准备一下课程资料。然而就在这时，一个陌生的声音在他的耳边响起。

"你终于出现了。"

风见森循声望去，只见自己的左边多出了一套课桌和一个人——一个陌生的女生。

"你好，我叫陈瑶，新来的插班生。"她明眸皓齿，对着他笑，像熹微的晨光照在玻璃上。风见森感觉自己心中某扇沉重的门偷偷打开了一条漏光的缝隙。

这种感觉很奇怪，几乎令他眩晕。

〔02〕

十七年的人生里，风见森很少会留意身边出现的人。他习惯沉浸在自己的世界里，看漫画或拼乐高。这是唯一一次，他把目光偷偷瞟向他人——这个名叫陈瑶的新同学。他思索了许久，为这不同寻常的注目找到了理由。那便是陈瑶长得太像他沉迷过的漫画里的人物。

陈瑶美得像漫画人物一样不真实。风见森每次偷偷打量她，心里总是会产生一种难以言说的情愫。他不懂像她这样的女生，为何会想跟自己成为好友。

后来，他忍不住将这个问题问出口。陈瑶想了想，说："因为刚见到你时，我就觉得你是个有趣的人。"

风见森想起那日她笑着介绍自己，并朝他伸出手的画面。那时，鲜少与人握手的他，竟也鬼使神差地将手伸了过去。

下一秒，女生对着他虚拟的手抓了一个空，咯咯地笑起来。

他以为她在嘲讽自己，于是羞愧地撇过脸，低下头。接着，他听到陈瑶继续爽朗地笑着说："我太蠢了，把你当真人了。"

风见森不知该如何回答，羞赧地将自己的脸藏在阴影中。

陈瑶只好另起话头，盯着他胸前的名牌，念出他的名字："风见森……我还是第一次见到有人姓风，好特别。"

风见森沉默地盯着面前的化学资料，寂静如山。

坐在他们前面的赵方宇终于看不下去了，劝陈瑶说："你跟这个呆子聊天，会把自己气死的。"

然而就在此时，风见森突然开了口："风姓是中国最古老的姓氏，上古三皇五帝之首的燧人氏自立为'风'。燧人氏之子——伏羲氏也姓风。"

陈瑶和赵方宇用诧异的目光看向他，风见森却将头低得更低。

这便是他们初见时的插曲。但它……有趣吗？风见森并不觉得。

陈瑶看他露出狐疑的表情，随即扑哧笑道："好了，其实是因为我觉得有个自闭症的朋友会是一件很酷的事。"

她挑着眉，毫不避讳地说出略带冒犯的话，但语气却不令风见森讨厌。不知为何，风见森觉得这个理由很符合她的性格，随性自在，无所忌惮，反而令他觉得可信。

她就像漫画里的人一样。他暗自思忖。

不过话说回来，曾经也不是没有同学想要跟风见森成为朋友。他们或抱有好奇心，或出于同情，在见到他时向他发出友善的信号。可结果因为风见森很少回应他们的好意，他们很快便失去了耐心，"不跟有病的人一般见识"了。

所以对于陈瑶，风见森一开始也并不抱什么期望。他觉得她很快就会发现自己是个难以接近的怪咖，然后渐渐离远自己。

然而陈瑶却表现出了超乎寻常的耐心，时隔许久，依旧每日有事没事来找他聊天，话题都是无关痛痒的"今天吃了什么""作业借我抄一下"之类的。可即使是这些简单的问句，风见森有时候也不知该如何回答。

每每见他缄默不语，陈瑶也不恼，笑着转到下一个话题。有时候，他们的对话还会变成陈瑶一个人的絮絮叨叨。

同学们不理解她为何愿意耗费精力在风见森的身上，暗自将她也纳入怪咖的阵营。但最后众人敌不过她的率性可爱，纷纷被她收割为友。于是她对风见森的那一点怪，全变成了心地善良的证明。风见森甚至怀疑，她对自己的好，不过是为了融入新集体。

他知道，自己之所以会这样想，都是因为嫉妒。

风见森是一个幽灵般的存在，陈瑶则如同漫画里的女主角，永远闪光。就连上体育课，她也是令众人瞩目的那一个。

今年的体育课由网球老师担任主教。风见森因为不在学校上课，被特许在家使用VR版体育课程。这门课程设计得像个游戏，他以握柄充当网球拍，与虚拟的队友对打。如果得分，他甚至还能听到欢呼的音效。

以前，风见森并不觉得这样的课程有多无聊。可如今，当他看到同学群组里陈瑶与赵方宇对打的视频，突然对自己的体育课程产生了一种没来由的倦怠感。

自己的挥拍、双方的对打、对手的失误、赢得的喝彩……全然没有现实中来得兴奋澎湃。

他看着视频里的陈瑶和赵方宇奔跑跳跃、用力扣杀的模样，心里生出前所未有的向往。

与此同时，他还看到了比赛结束后陈瑶与赵方宇击掌的画面。他们互相微笑，给对方递上水，讨论刚才的战术，一时间亲昵得让风见森感到恐惧。

他开始害怕自己会失去她。

那阵子，风见森越发关注陈瑶。他发现她像其他同学一样，开始捣鼓起课桌桌面上的程序，想要突破系统的封锁，在屏幕上偷看小说。于是他也低头开始研究代码。

在这之前，风见森就已经研究过计算机程序的破解问题，母亲还因为他在这方面表现出的才华感到惊讶与欣喜。可很快，他就像丢掉一个旧玩具似的随意将这件事抛到了脑后。如今他因为陈瑶重拾这项技能，竟也不觉得生疏。

很快，他就在上课期间在桌面上打开了一个小说文档，且未触发系统警报。

他压抑着内心的喜悦，在心里酝酿了许久，才将这个小程序系统藏在用来交流的作业当中，传给了陈瑶。

陈瑶成功地发现了他发给自己的小程序，惊讶地转过头来，压低声音，发出动漫人物般的感叹："你真是个天才！"

风见森知道她的评价有些夸张，却也忍不住在心里冒出骄傲的气泡。于是不等陈瑶开口，他又研发起可以上课偷看视频的软件来。

他就像一个渴望得到肯定的小孩，笨拙而努力。没过多久，陈瑶就在交流的作业里找到了能在课堂上观看电影的新程序。

她的讶异比以往更甚。因为有很多学生都企图突破课桌系统给自己找乐子，但很少有人真的能在不被发现的情况下，在系统里频繁地动手脚。

"我觉得你以后可以去当程序员。"她一边夸奖他一边在他的肩膀上虚晃地拍了两下。

风见森却木讷地看着她。

"怎么了？"

"我妈以前也这么说过。"他低下头，回答她。

于是陈瑶如往常一般爽朗地笑起来："那说明你真的很适合往这方面发展。"

风见森盯着桌面上打开的小说和视频，愣怔良久，才不确定地发出呢喃："真的吗？"

"当然是真的了。"陈瑶笃定地道。

风见森的声音却越发轻："我不是说这个。"

"什么？"陈瑶狐疑地盯着他。

风见森没再说话，气氛就这么停在奇怪的节点里，像往常每一次失败的聊天一样。

〖04〗

风见森与陈瑶的"开小差"程序最后被取缔了，不是因为系统识别出了异样，而是因为赵方宇。他在风见森与陈瑶分享程序后的第三天，敏锐地察觉到风见森桌面上新开的窗口，于是威逼利诱让他交出了安装包。

在成功运行了程序后，赵方宇那继承自父亲的生意头脑里冒出了向其他同学兜售这个程序的念头。于是他找了风见森商量，说要将所得收益与他五五分账。

风见森不知该如何应对这样的状况，低着头沉默不语。

赵方宇扬了扬下巴，说："那我就当你默认了哦！到时候钱直接从网上转给你。"

"我……"风见森抬起头想说些什么，却发现对方早已揽着别人的肩膀，笑着走出了教室。他无法追出去，因为他能活动的地方只有书桌的范围。于是他想，那就由着赵方宇去吧。

结果第一笔款项他还没收到，"开小差"程序就被校方发现了。

陈瑶听说老师要找始作俑者算账，不免为风见森担心。风见森表面佯装无所谓，其实心里也十分忐忑。他知道，自己若是被逮到，老师肯定会找母亲面谈。他害怕看到母亲慌张又愤怒的表情，也不忍心再让母亲担惊受怕。

然而风见森和陈瑶的担忧都是多余的，因为赵方宇在事情彻底败露后，扛下了所有的罪责。

陈瑶得知此事后，狠狠地松了一口气，对赵方宇说："算你还有良心。"

赵方宇嘿嘿地笑起来，却冲着风见森眨了眨眼。

"你要干吗？"风见森和陈瑶露出茫然的眼神，不解地看着他。

赵方宇谄媚地道："我觉得吧，风见森虽然孤僻，但脑子还挺好使的。没了'开小差1.0'，肯定还能再弄个'开小差2.0'……"

"喂，你不要再坑他了！"陈瑶表示抗议。

"行，这些鸡毛蒜皮的东西不值一提。"赵方宇故作亲昵地盯着风见森，"但之后有个程序大赛，我想拉你组队。我爸可以给我们赞助。"

原来这家伙的算盘打在这里。风见森暗想。

见风见森不说话，赵方宇以为他不愿意，立马补充道："你不想参加也没关系，但至少让我跟你做个朋友呗。来日方长，我们以后还可以合作赚钱。"

"敢情你只是想拉他入伙啊！"陈瑶冲他翻了一个白眼。

赵方宇油嘴滑舌道："我这叫珍惜人才！"他下意识要揽过风见森的肩膀，结果扑了个空，一个踉跄，差点摔倒。

"我忘了这小子上的是网课。"他大骂脏话，"蓝象的虚拟形象做得也太真实了吧！"

看着他一副骂骂咧咧的模样，风见森只觉得好笑，原本抿着的嘴悄悄向上扬起。

于是继陈瑶后，风见森又多了一个朋友。他觉得这一切都如梦一般不真实。

〔05〕

时间一晃又到了月末。每到这个时候，风见森的课桌上就会弹出下个月班游的登记表。只要在上面签好名字，就可以随班级出游。

风见森自从上网课以后，从未参与过这样的活动。班里的同学也习以为常，没人会来跟他讨论此事。不过这一次，风见森在关掉登记表前，被陈瑶拦住了。

"你每天都待在家里，真的不闷吗？"陈瑶问他。

"其实还好，我已经习惯了。"风见森如实回答，手指却在关闭按钮上徘徊着。

"可我觉得，一成不变的生活稍微改变一下，也挺好的。"

风见森一言不发地蹙眉思索。

女生晃了晃脑袋，说："我们都还没见过你真人呢。这次，你要不要跟我们一起出去玩？"

"对呀，偶尔也得参加一下集体活动嘛。"坐在前方的赵方宇也加入劝说的行列。

"不……不了吧。"风见森一想到要走出家门就觉得恐惧，出于本能地拒绝。

"喂，你这小子是不是担心有人会欺负你啊？别怕，谁要是再把你逼到什么楼顶、天台啊，老子揍死他！"赵方宇撸了撸袖子，信誓旦旦地说道。

风见森诧异地看着他，他怎么会知道自己以前的事？

赵方宇像是看出了他的疑问，道："我总得了解一下以后的合作对象吧？"

"他又没说以后要跟你狼狈为奸，你别高兴得太早了！"陈瑶见他又掉进了钱眼里，立马跟他斗上嘴，两个人热热闹闹地吵起来。

风见森看着他们俩，心里那一丝嫉妒慢慢被某种从未感受过的愉悦的情绪所覆盖。等陈瑶和赵方宇互损完，他已经在登记表上写下自己的名字。

出游那天，风见森做了许久的思想斗争，然后才畏畏缩缩地走出家门。

陈瑶和赵方宇在约定好的地方等他。看见他来，他们大老远就冲他招手。

待他走近，陈瑶仔细打量着他的脸庞，摇了摇头："原来网课系统有美颜滤镜啊，真人差好多哦。"

风见森惊恐地瞪大眼睛，害羞地别过脸去。

陈瑶扑哧一笑，拍了拍他的肩膀，说："逗你的啦。"

赵方宇则一把搂过他的脖子："终于见到真人了。兄弟，你到底要不要跟我一起参加程序比赛？我们俩通力合作，狠赚一笔如何？"

"喂，赵方宇，你谄媚也要有个限度！"陈瑶嚷道。

赵方宇立马回嘴："咋了，见不得我们要好？"于是两个人又吵了起来。

风见森压着笑，紧紧地跟上他们的步伐。虽然他知道赵方宇看中的不过是自己的编程技术，也不习惯被人这么搂着向前走，可他就是感受到了被需要的快乐。之前令他诚惶诚恐的班游似乎也变得不那么可怕了。

尽管一开始他还是会被班上的同学围观，但很快陈瑶和赵方宇就替他驱散了众人好奇的目光。等到他回过神来，他已经和班里的其他同学一起坐在了公园的草坪上。

〖06〗

有人提议玩游戏。

不同于如今人们常玩的网络游戏，这次班游选择的项目居然是一个儿童游戏。

班上同学两个为一组，站成一圈，推选两个人成为追逐者与被追逐者。被追逐者在被抓住以前，可以选择跑到任意同学身旁，与他臂膀相贴，重新成为一组。而未与他臂膀相贴的另一个人则要迅速做出反应，成为被追逐者逃跑……重复此过程，直到被抓住，被追逐者成为追逐者，再继续游戏。在规定时间内，对被抓住次数最多的人将会有所惩罚。

风见森听完游戏规则，突然愣在原地。

因为他小时候也玩过这个游戏！

那时，母亲硬将他塞进游戏的队伍里，害得他焦虑不安。轮到自己变成被追逐者逃跑时，他竟傻傻地站在原地，一动不动。于是同学们巧妙地达成默契，一直故意让他成为被追逐者。屡次被抓令风见森感到委屈和无助，最后，他手足无措地站在原地哇哇大哭，身边的笑声却此起彼伏……

这件事成了他的心结，也成了他的梦魇。可为什么如今他又要被迫玩这个游戏呢？

风见森慌张地看向陈瑶和赵方宇，两个人却没察觉出他内心的不安。没有办法，他只好与赵方宇站在一起，组成一队。

游戏开始，风见森听到自己的心脏随着他人跑步的声响猛烈地跳动着。忽然，他的肩膀被谁撞了一下。他回过神来，看到陈瑶气喘吁吁地贴在了自己的右侧。于是站在他左侧的赵方宇大骂一声，撒腿就跑。

但风见森没想到赵方宇绕了一圈后又跑了回来，并快速地贴在了陈瑶的身旁。

这也就意味着，逃跑的人变成了风见森。

曾经的屈辱过往早已在他的脑海里汹涌澎湃，这一下，它们更加猖狂地占据了他所有的思绪。他就像小时候那样，傻乎乎地愣在原地。

"快跑啊！"陈瑶打断了他的愣怔，轻轻地推了他一把。

风见森一个踉跄，脱离了陈瑶，感觉自己身体里的魔咒突然被解开了。他开始绕着众人围成的圈奋力奔跑，然而追逐者已经追到了他的身后。

马上就要被抓住了！风见森越发恐慌起来。就在追逐者即将拽住他时，他突然转变方向，拐了个九十度的弯，朝着草坪外冲了出去。

"喂！风见森你干吗？！"追逐者愣了一下，惊诧又担忧地追了过去。

带队老师不明白他的意图，心里也一惊。她让其他人待在原地，自己跟着追了过去。

然而落跑的风见森只是不想再被抓住罢了。于是他破风狂奔，跑过了长长的坡道和一座石桥……但他没有逃出公园，而是最后又绕回了众人聚集的草坪。他跑到陈瑶身边，将自己的肩膀贴上陈瑶的肩膀。

以为他发疯了的赵方宇没想到他会回到游戏里，一脸茫然地定在原地。下一秒，他就被追来的追逐者逮了个正着。

赵方宇这才反应过来发生了什么，大喊着抗议："风见森，你破坏游戏规则！"

"可游戏规则没说非要绕着我们围成的圈跑啊。"陈瑶笑着帮腔，然后转过头对风见森说，"恭喜你逃脱成功！"

然而风见森却没有理会她。他弯着腰，用力地大口呼吸，目光死死地盯着地面，像是在思考什么。

"你还好吗？"陈瑶担忧地问他。

风见森却保持着双手撑膝盖的弯腰姿势，一言不发。

"到底怎么了？"陈瑶忍不住提高音量追问。

风见森这才摇了摇头，突然悲伤地说道："我知道了。"

"什么？"陈瑶有些不明所以。

风见森像是确定了什么似的，自嘲地笑笑，说："我知道这一切都是假的了。"

你做过那种梦吗？那种你突然会清楚地意识到自己在做梦的梦。

现在，风见森就在这样的梦里。

在刚刚奔跑的过程中，他突然意识到，从认识陈瑶开始，一切就都在梦中。而梦中的事情之所以会发生，其实都源于他自己——

他不了解其他女生，于是以自己喜欢的漫画女主角的形象构建出了陈瑶。

他害怕自己未来没有目标，于是借她之口，让她说出了母亲曾经说过的鼓励的话语。

他渴望用自己的才华收获朋友，于是有了赵方宇过分热络的拉拢。

他内心深处期待有机会走出家门，于是有了这次班游。

他想要修改儿时对游戏的恐惧，于是重导了这次奔跑。

在这之前，风见森不止一次对这些事产生怀疑。毕竟真实世界里怎么会有那么闪耀却仍然愿意与自己交朋友的女生？怎么会有只因一个小程序就要与他称兄道弟的好哥们儿？怎么会有人在班游时还想着他，陪他玩这种幼稚的儿童游戏？

因为一切都是假的，因为他只不过是在做梦而已。

意识到这一点后，风见森发现整个梦境像是印证了他的猜想似的开始崩塌。周遭的人群淡去，梦中的公园草坪也变成了浑浊的一团团绿。唯独陈瑶还站在那里。

"我知道这一切都是假的。"他悲伤地捂着脸，蹲下来，像一只孤独的甲虫，蜷成一团。

对面的陈瑶跟着他蹲了下来。

"风见森。"她呼唤他的名字，轻拍他的肩膀，语气十分温柔，"但你想让这一切发生的心是真的啊。"

风见森不解地抬起头来，神情迷惘。

陈瑶笑着对他说："虽然我是假的，赵方宇的热情是假的，这次班游也是假的。但只要你愿意走出去，一切就有可能变成真的。你会遇到自己心爱的女孩，遇到愿意与你称兄道弟的朋友，遇到一切你想要遇到的……他们就是我们。"

风见森愣怔地看着她，似乎在努力理解她的话。

"你说你之前去看过很多医生，"陈瑶继续说道，"可我总觉得你的自闭症其实已经慢慢被治愈了。不过因为你习惯了独来独往，所以以为自己仍被困在病症中……"

陈瑶的身影跟着周遭的一切慢慢变淡，她的声音也越变越轻。

"风见森，你要……"

她好像还想跟他说什么，然而就在此时，一个粗犷的声音打断了一切。

"风见森！"

他猛地睁开眼睛，发现自己在午后的化学课上睡着了。

瘌痢头的化学老师不耐烦地敲击着黑板屏幕，骂道："就算在家上网课，也要给我打起精神来！"

风见森羞愧地低下头，瞧见桌面屏幕上开了一个"开小差"窗口，里面显示他在重看的漫画。性格直爽的女主角明眸皓齿地对着他笑："你好，我叫程窈，新来的插班生。"

124

〔08〕

深夜，风见森躺在床上，盯着天花板上的虚拟星空发呆。

午后网课的梦境一直在他的脑海里若隐若现，陈瑶最后留给他的那些话也变得越来越清晰。

可说到底，她只是虚构的。那么她所说的话其实是他内心的所思所想？念及此，风见森忽然觉得有些羞耻。他不明白自己为什么会说出这些矫情的劝解。

莫非自己真的是宅在家里憋坏了？如果自己真的那么渴望走出家门，或许应该把这个想法告诉母亲。但……她会同意吗？

风见森被千思万绪裹挟，混混沌沌地沉入睡眠中。待到他醒来，已是清晨。阳光还未来得及触发窗帘的感应系统，母亲却已经给他做好了早饭。

"今天起这么早啊？"母亲招呼他坐下。

风见森揉着眼睛，喝起牛奶来。他这时才意识到，自己已经很久没跟母亲一起吃早餐了。为了抚养他，母亲总是早出晚归，日子过得特别辛苦。风见森不希望在此之上，她还要为自己其他的事情担忧。然而如果他仍是一个孤僻的人，她就不可能不继续为他担心。

于是他深吸一口气，鼓起勇气。

"妈，我不想上网课了，我想去学校上课。"

他看到母亲一愣，然后露出惊讶却欣喜的笑容。

然而他不知道的是，昨天晚上母亲还在为他担心。她给他的主治医师打电话，满怀顾虑地问："蓝象这个梦境植入的心理干预方法真的有效吗？"

医生安慰她："别担心。之前频繁的治疗已经让您的孩子在生理上有了很好的改变。他只是习惯了独处，一时间无法改变过来罢了。只要慢慢激发出他内心对外面世界的渴望，他总会有自己迈出步伐的那一天的。"

母亲想起她曾看到儿子上网课时闷闷不乐的神情，心里暗自祈祷这次的干预治疗会有效。

毕竟为了打造这个梦境，她也辛苦了很久。她暗自调查了风见森喜欢的漫画、周遭同学的性格，为他创建朋友。她知道儿子有编程的才能，于是故意引导他，让他意识到自己可以往这方面发展。最后，她想起了他儿时玩的游戏——那不仅仅是风见森的梦魇，也是她愧疚的伤疤——给他设置了重新来过的机会。

只是让她没想到的是，才第一次梦境干预就有了效果。

也许风见森自己也是真的渴望走出去吧。她看着坐在对面的儿子，欣慰地想。

〔09〕

很久以后，风见森仍记得他第一次踏入教室时的画面。众人或惊讶或好奇的目光就像无数道闪电劈在他的身上。可他最后还是鼓起勇气，穿过人群，走到了自己的座位上。如今坐在那个地方的不再是虚拟的投影，而是真实的他。

后来，在进行了无数次思想斗争后，他还主动提出要加入赵方宇的小组，想跟他们一起参加程序比赛。赵方宇起初的疑虑在看完他编写的程序后转化为惊喜，于是他被他们收到队伍里，成了他们的新伙伴。

虽然很多事都并未如梦境中那般顺利地发展，但风见森似乎比宅在家时开朗了不少。他不再是一个幽灵般的存在，上体育课时，赵方宇甚至会主动搂着他的脖子，拖他去球场，班游的名单上也出现了他的名字……

日子磕磕绊绊地过着，一个学期就这么过去了。度过了无聊的寒假，重新回到班上，风见森忽然发现自己的左手边空出了一个座位。

"听说有新的插班生。"赵方宇朝空位扬了扬下巴，解释道。

然后像是为了印证他的话，那个空位闪现微蓝的光。

一个习惯将自己的脸埋在长发里的女生，以虚拟的形象，畏畏缩缩地出现在风见森身旁。

那一刻，风见森仿佛看到了另一个自己，同时也想起了那个牢牢印在脑海里的梦。

于是他像梦中的陈瑶那样，对新来的同学露出了明媚灿烂的笑容。

"你好，我叫风见森。"他的声音温柔而坚定，很快就引起了女生的注意。她惊诧地抬起头来，与他四目相对。

"那一刻，我以为自己在做梦。"之后的岁月里，女生总是回忆起她与风见森初识的这个画面。

每每听到这样的话，风见森都会笑着伸手揉揉她的脑袋，告诉她："但你知道，这一切都是真的。"

这一次，我们都是真的。

chapter 7

第 七 章

——

口 红 上 瘾

你们就像扑火的飞蛾，

疯狂地在这火焰里狂欢。

〖01〗

宿舍熄了灯，大家爬回各自的床铺上玩起了手机。但随着困意袭来，那点点荧光也陆续暗了下去，唯独安穗的手机还亮着。她强撑着困倦的双眼，死死地盯着手机屏幕上的时间数字。

还有两分钟就是零点了。

她想在那时以一元的价格秒杀蓝象科技推出的智能口红。尽管这款口红在半年前就已经发售了。

安穗仍记得半年前，寝室的同学窝在一起看蓝象新品发布会的场景。当这款名为BlueE的口红出现在屏幕上时，早就听到点小道消息的女孩们异口同声地发出了憧憬的惊呼声。

安穗不禁从厚厚的资料书里抬起头，瞄了一眼那口红的模样。

也不过是一支银色的圆管口红罢了。她感到困惑，忍不住也打开了直播页面。

屏幕上正在展示口红外包装的壁纸。用户将口红与自己的手机绑定后，就可以修改它外包装上的图案，定制自己喜欢的样式。同时，蓝象跟多个奢侈品品牌联名，推出限量专属图案，价格不菲，却彰显品位。

"呵，这营销。"

安穗在心里冷哼，并不觉得改变一下包装就能够吸引人。直到她看到屏幕上弹出"口红滤镜"这四个字。

"口红的色号，如同手机修图软件里的滤镜一样，成百上千，女生们都想收入囊中。但你买的口红都用完了吗？是不是有很多口红直到过期也只用了一点点？这样不仅不环保，还霸占了大家的收纳空间。但BlueE口红会让你物尽其用，打造轻盈的美妆生活。"蓝象的项目发言人在舞台上侃侃而谈。

"我们随这支口红推出'口红滤镜'，大家只要在手机上购买，并选中自己当下想要的品牌色号，就可以更改BlueE口红的色号。"

发言人做了一个试用展示。她旋转出BlueE口红的膏体，在手机上选择了一个色号，那膏体的颜色就从原来的樱花粉变成了番茄红。

"蓝象跟数十家美妆品牌合作，为你提供最全面的色号。以后新色号上线，再也不用等待快递到家，即刻就可以试色！出门旅游也不用带多支口红增加重量！值得注意的是，我们严防'口红滤镜'账号共享或账号盗取行为，所以大家一定要通过正规渠道购买哦！"

发言人又继续介绍道："智能口红膏体的质感，会随着你选的品牌、口红系列进行改变。如果你的智能口红膏体用完，我们也有官方渠道为大家补充……"

"呃，好复杂。"安穗一边感慨一边被口红的介绍所吸引。

"最后，为大家介绍一下这款口红的价格。新品抢鲜价，3899元。同时，我们联合D牌，推出新一季口红色号，每款色号69元起，即刻发售。"

"啊，好贵。"安穗被勾起的购物欲瞬间跌入谷底。

周遭的同学却兴奋地叫嚷起来。

"69元就能买D牌的新色号，好便宜啊！多买几个色号，3899元就省下来了。"

喂……这笔钱不是这么算的。安穗瞟向说话的阿虞，只见她已经开始查询自己所剩的分期付款额度。

而坐在她身旁的庄雪奕优雅地按下了购买键，第一个抢购成功。

"果然大小姐就是大小姐啊。"这是安穗脑海里徘徊的想法，她竟生出一股酸溜溜的味道。

毕竟对安穗来说，庄雪奕是唯一引起她注意的竞争对手。

这位家境殷实且热衷于打扮的美少女有着一个聪明的脑袋，即使不费心学习，也能考出令人咋舌的成绩，挤进系榜前几名。有一次，她甚至超越了安穗，登顶全系第一。

安穗难免心生嫉妒。为了霸占榜单第一名，她可是把自己所有的精力都投入到学习中，甚至没空去交一个朋友。然而到了最后，她还是被这个什么都信手拈来的少女打败……

安穗不甘心，从此越发努力学习，一直与庄雪奕在成绩榜上来回缠斗。

可她终是觉得自己比庄雪奕差劲。毕竟她除了成绩可以与庄雪奕争一争，其他根本无法与之相提并论。她没办法呼朋引伴，也无法像庄雪奕一样挥霍金钱购物，把自己装点得比圣诞树还绚烂。

所以后来就连她自己也觉得，在学生会主席的竞选中，她输给庄雪奕是再正常不过的事了。

但是为什么，为什么她还是那么不甘心呢？

安穗失魂落魄地走下舞台，有不相熟的老师随即上前安慰她。

老师讲了一堆无足轻重的关切之语，最后不无惋惜地对安穗说："安穗，你至少涂个口红再上台嘛。这样大屏幕投影时，气色看上去也会好一些。"

安穗回到后台，看着化妆镜里素面朝天的自己，想起那位老师的话，心里被激起波澜。

从此，口红成了她微妙的执念。

而当周遭的同学陆陆续续入手了BlueE口红后，她的执念前面便多了个明确的品牌名。

可安穗终究舍不得买这么贵的智能口红。BlueE口红发售后的半年时间里，她时常点开购买页面浏览，纠结来纠结去也没敢下单。

所以今晚，趁着有商家搞活动，她一定要秒杀到这款心仪已久的产品。

她盯着手机页面，心中默默倒数着剩余的数字。

眼看着时间从23：59跳转到00：00，安穗快速地按下抢购键。

屏幕弹出消息提示：已售罄。

"什么嘛。"安穗失落却不肯罢休地反复点击着购买键，直到无力感彻底将她包围。

第二天是学生会为校园开放日做准备的日子。安穗虽然没能成为学生会主席，却也在学生会里谋得了一个不小的职位。她不敢怠慢任何一个活动，于是拖着困倦的身体紧赶慢地赶到会场。

刚到会场，安穗就看见庄雪奕正在呵斥几个搬东西时三心二意的学弟："我庄雪奕的人生不可以出现任何闪失！如果你们把这次开放日搞砸了，谁也别想在毕业履历里戳上学生会的证明章！"

她今天化了个颇有气势的妆，口红色号选的是BlueE口红与Y牌合作新出的一款深红色。599元的价格，很符合一线品牌的格调。高贵冷艳的色调更是让她盛气凌人。

果然，靠着这样的气势，庄雪奕立马镇住了那群毛头小子。他们一边阿谀奉承地夸着"学姐好美"一边收敛了打闹的心思，认认真真开始干活。

安穗开始佩服庄雪奕。她就无法像庄雪奕那样挥斥方遒。若要指挥别人去做事，最后总会变成她在拜托，甚至是在乞求。

她知道这不是一个口红色号就能改变的事，可她唯一能快速与庄雪奕接近的方式，也只有口红了。

不过即使她抢到了BlueE口红，也买不起那么贵的色号啊。

安穗烦恼着，加入到会场的布置工作中。

因为学校很重视这次活动，所以作为学生会会长的庄雪奕丝毫不敢怠慢，力求每一个细节都做到极致。

众人完成舞台搭建后已是傍晚时分。

安穗想赶回宿舍洗个澡，结果中途被一个男生拦住了去路。

安穗花了不少时间才想起堵在她面前的男生是她的同班同学。但男生具体叫什么名字，她这个只顾着学习且不善交友的人根本想不起来。

而男生此刻畏畏缩缩地低着头，踌躇地将手中的一个纸盒塞到了安穗手中。

"送给你。"他低声说，像是在害羞，又像是在害怕。

安穗盯着手中方方正正的小纸盒，一时间不知该做出怎样的反应。

他这是在告白吗？可是……

"在考上研究生之前，我还不想谈恋爱。"安穗终于鼓起勇气抬起头，却一下子愣住，"咦？"

那个送礼物的男生早已没了踪影。

安穗觉得好笑，现在还有这么害羞的人啊？她掂量着手中的纸盒，不免有点好奇，里面这小小的东西到底是什么。

好在纸盒外并没有无法重新组装回去的包装，安穗轻而易举就将它打开了。

一支银色的圆管口红躺在纸盒里，口红的管底浅浅地印着蓝象的logo。

是BlueE!

安穗惊讶地将它拿在手中，反复打量。与此同时，她的余光瞄到了纸盒最底下压着的卡片。卡片的中间印着一只蓝色的大象，蓝象下方有一行闪着微光的文字：扫描此卡片的蓝象图案，即可获得您朋友为您准备的口红色号！别忘了感谢他/她哦！

安穗没有想到这个男生如此贴心，心里不免有些触动。

但他到底叫什么呢？

后来翻看班级的学生资料时，她才终于找到了他的名字。

高宇楠。

她对这个人的确没什么印象。但就目前的状况来看，他应该早就关注她了吧。所以他才会察觉到她其实在偷偷羡慕别人的口红，才会在今天送给她这份礼物。

安穗从未想过自己对他人的羡慕会如此明显，都能令一个男生觉察到端倪。她羞耻地红了脸，不停地用手对着自己扇风。

接着，她鬼使神差地用手机绑定了那支BlueE口红，并扫描了那张色号兑换卡。

她发现高宇楠为她准备了八个口红色号，且都是当下最热门的。其中还有两个Y牌的限量版。

安穗就像收到新玩具的孩童，兴致勃勃地调换着色号，看口红的膏体变换成不同的颜色。

她抑制住想去涂它的冲动，只是将口红瞧了又瞧。因为她觉得，自己终是要把这份礼物退回去的。

可是由于忙学校的活动，安穗屡次错过了找高宇楠的契机，这件事也就一拖再拖。

〔03〕

转眼就到了校园开放日。安穗和庄雪奕起了个大早，为开幕仪式做最后的准备。

没想到就在开幕前的一个小时，出现了一个小小的意外。

庄雪奕放在休息室里的化妆包不翼而飞了。而她急需换一个更为清新温柔的妆容在之后的开幕式上发表演讲。

安穗知道，庄雪奕很看重每次公开的演出。她早早地就给自己设计了一个妆容，所有的化妆步骤也在宿舍练习过无数遍，可是没想到临了连最基本的道具都没了踪影。

她在气急败坏了两秒钟后，立刻招呼来自己的跟班阿虞，让她去借美妆产品。

安穗一边整理着手头的资料一边听庄雪奕报出各个美妆产品的品牌名、编号，觉得自己实在太孤陋寡闻了。

而更令她意外的是，阿虞很快便在学校里搜罗来大部分庄雪奕所需的化妆品。庄雪奕的人缘可见一斑。

然而最后，庄雪奕还是差一样东西——Y牌口红限量色号23。

"雪奕，我真的全问遍了，没有人买过那个色号，毕竟它的价格实在是太高了。"陪她坐在化妆镜前的阿虞无奈地说道，"而且因为是限量版的缘故，现在网上也买不到了。但我觉得，D牌的17号色其实也挺配你这次的妆容的。"

庄雪奕叹了口气，烦躁地皱了皱眉头，对着化妆镜涂上阿虞推荐的色号，左看右看却仍不满意。

"已经很好看了，你的要求不要那么高嘛。"阿虞劝道。

安穗闻言抬起头，跟着望过去。她分不出庄雪奕现在脸上的妆容跟之前定妆的妆容有何区别，可这位大小姐就是忍不了那一丁点的瑕疵。

"你再去帮我问问。这么大一所学校,真的就只有我买了那个色号吗?!"

"Y牌本来就贵,再说23号色是限量色号……"阿虞一遍遍地强调。

安穗不禁觉得她有点可怜。这样卑微地与庄雪奕成为朋友,她真的开心吗?

她摇了摇头,准备重新确认一遍流程表。就在这时,她脑海里突然闪过一个微小的记忆。

Y牌限量色号23?

安穗掏出自己的手机,翻看"口红滤镜"APP里的色号列表,发现高宇楠送给她的口红色号里就有这个颜色。

也太巧了吧!她惊讶地从包里翻出那支崭新的BlueE口红。

"那个……我好像有这个色号。"

坐在化妆镜前懊恼不已的两个人诧异地转过头来。

"你怎么会有?"阿虞忍不住脱口而出心里的疑问。

安穗想,他们可能怀疑是我偷的化妆包吧。于是她冷笑道:"放心,是全新的。"

阿虞看着口红崭新的外壳和完整的膏体,悻悻地闭上了嘴。

庄雪奕则换上优雅的微笑,接过了安穗手中的口红。

"真是太感谢你了,安穗!"她的语气里透露出来的那种诚恳,有一种让人如沐春风的魔力。

更出乎安穗意料的是,庄雪奕在为自己上好妆后,将她拉到了化妆镜前。

"我刚刚看了一下你的口红色号，颜色都还挺好看的，为什么不见你涂呢？"她热络地说道，"现在还有点时间，我给你化个妆？"

"不……不了吧……"面对庄雪奕的"报答"，安穗惊慌地摆手。

"我看你手机里还有个Y牌的颜色，真的很好看，买了又不涂，多浪费啊。"

庄雪奕换上不容置疑的语气，安穗难以再开口拒绝她。

她乖乖地端坐在化妆镜前，任由庄雪奕在她的脸上捣鼓。然后，她就看到镜子里的自己一点点地在改变。

最后，当庄雪奕给她涂上口红，并夸赞她很美时，安穗心中的喜悦难以克制地挂在脸上。

那一刻，她好像懂了一点点阿虞的心情。

庄雪奕就是那种惹你羡慕嫉妒，却又让你忍不住想要学习她、亲近她，甚至是渴望得到她认可的人。

为了与她成为朋友，付出的点滴又算什么呢？

安穗心甘情愿落入她的圈套。

〔04〕

安穗舍不得开放日结束。虽然她不像庄雪奕那样，是今日的焦点，但庄雪奕给她化的妆足以让她享受这一日众人的瞩目。平日里油嘴滑舌的学弟，见了她也愣怔片刻，最后用夸张的语气送上称赞。

安穗忍不住回味他们的夸赞，心里有一个彩色气球慢慢地膨胀。最后，气球雀跃地炸裂，撒下一地彩色的亮片。

原来美是这么一回事。

原来这么简单就可以得到别人的青睐。

安穗感觉到汹涌而来却轻飘飘的快感。她决定先留下手头这支BlueE口红。

反正它都已经被用过了，也不好再还给高宇楠了吧。

安穗一边想着一边在卫生间里对着镜子贪婪地尝试不同的色号，还不停地端详自己的脸。

她甚至觉得，这或许都是命运的旨意。之前，她没有一个契机入手BlueE口红，但现在，她有了一个堂而皇之说服自己的理由。

"我就当你是替我代购了这支口红，我会尽早把钱还给你的。"后来，安穗找到了高宇楠，如是对他说道。

高宇楠低着头，语气清冷地道："没关系的，你不用把钱还给我。"

"不不不，这钱是一定要还的。"安穗怕这笔亏欠会让高宇楠与她纠缠不清，急忙拒绝道。

高宇楠冷冷地看着她，眼神中透露出一种阴沉的灰色。

安穗不等他再开口，已经避之唯恐不及地从他身边溜走。

回宿舍的路上，她还觉得浑身起鸡皮疙瘩，不禁回想起之前与阿虞的对话来。

当时安穗告诉阿虞，说她的BlueE口红其实是高宇楠送的后，阿虞露出了惊讶的神色。

"他呀……"她的语气里有意味不明的厌恶，"我是不敢与他扯上一点关系的。"

"为什么啊？"

"你不觉得他很阴森吗？"阿虞说道，"平日里也不怎么跟同学交流，总是低着头，眼睛瞟来瞟去的，不知道心里在盘算什么。而且，据说他还是个恋爱脑，之前为了追一个女生，甚至从二楼跳了下来。可怕吧？"

安穗虽然觉得在人家背后嚼舌根不太好，但她也的确感觉到了高宇楠身上的某种怪异。

而且，"有个男生为了追女生从二楼跳下来"这件事，她之前也有所耳闻。但她没想到这个人就是高宇楠。

她可不想被这种人缠上。

所以，还钱这事得提上日程了。

安穗家境普通，父母每个月汇来的钱只够她应付日常的开销，多出这一笔费用，她省吃俭用也很难快速凑齐，于是她决定去找份工作。

大学生找工作不是什么新鲜事，也不是什么难事。有人还专门做了兼职的APP，提供给他们众多"增加社会阅历"的机会。

安穗的成绩出类拔萃，兼职的第一选择自然是家教。她凭借自己的实力，很快便应聘成功，被雇主要求陪一名复读生奋战高考。

这对安穗来说是一份轻松的工作，不会占用上课的时间，不用忍受风吹雨打，还有不错的薪资报酬。本以为能一帆风顺地教到他高考，结果上课的第三天，男生嬉皮笑脸地佯装开玩笑，狠狠地捏了她的屁股一把。

安穗吓了一跳，很快便反应过来自己遭遇了什么。她怒火中烧，用尽二十年来最大的勇气，反手给了那个男生一个巴掌。

男生叫嚷起来，引来了母亲。同为女人，她非但没有呵斥自己的儿子，反倒用肮脏的咒骂倒打安穗一耙。

安穗丢下手中的课本，忍着泪摔门而出，连那三天的工资都没有去找他们结算。

忍着伤痛，做了几场噩梦，安穗才从这次的阴影里走出来。但她从此不敢再看"家教"二字。

所以最后，安穗去了一家美容机构上班。

与她一同工作的米姐比她大十岁，每天把自己打扮得花枝招展，睫毛都快翘到天上去了。她第一次见到安穗，就啧啧啧地摇头。

"小姑娘，你怎么只涂个口红就来上班啊？"她不懂老板为什么会选择如此朴素的安穗。

安穗一开始也不懂，但她很快便明白了缘由。老板把各种美容项目包装得天花乱坠，罗列了一个个名词、一句句解释，需要她这善于记忆的脑袋瓜来背诵。

至于漂亮嘛，有米姐负责就行了。

米姐后来也懂了这个理。她一边嗔怪老板一边劝安穗说："虽然你脑子好，但女孩的脸面还是很重要的。"

她工作清闲，捣鼓完自己的脸，就盘算着在安穗的脸上施展拳脚，消磨时间。毕竟没有什么比这张朴素的脸更让她觉得有挑战的了。

安穗试图拒绝她的好意，但最终拗不过她，只能默默同意。

米姐的化妆技术比庄雪奕还要好，安穗很快被她的巧夺天工震慑。没有客人上门时，她便跟着米姐学化妆。

一来二去，安穗掌握了不少化妆技巧。第一个月的工资发下来，她竟没有将钱还给高宇楠，反倒是在米姐的怂恿下入手了全套的化妆品。

米姐说："你负责推销我们的项目，要美美的，才会有更多单子和更多提成。"

安穗懵懵懂懂地点头，对着镜子描眉。这时，顾客进门的提示音在不远处响起。她换上礼貌的微笑，抬起头，却在见到来人时，心骤然一紧。

庄雪奕站在她面前，与她四目相对。

〔05〕

每次下了班，安穗都会先卸了妆再回去，所以寝室里的同学都以为她还在当家教。结果没想到，庄雪奕会来光顾他们的机构，安穗尴尬地定在了原地。

庄雪奕也是一愣，微微皱了皱眉头。但聪明如她，很快就理解了什么，换上了笑容。

"安穗？好巧啊！"她率先化解尴尬，"你在这里工作？那我做项目是不是可以打折呀？"

她的语气不是揶揄，反倒是那种真诚的惊喜与开心，让安穗心里好受了不少。

安穗一边堆起笑一边跟她介绍："我们这里有……"

庄雪奕认真地听，最后很爽快地办了张卡，做了一套完整的护理。

离开前，她还发自肺腑地夸安穗，说："你今天的妆很好看哦！"

安穗以为她不过是在客套，但后来她发现，庄雪奕是真的喜欢米姐教给她的妆容。

上次校园开放日的口红救急没有让安穗与庄雪奕成为真正的朋友，反倒是这一次，她莫名其妙地因为自己的妆容加入了以庄雪奕为中心的小团体。

原来，女生的友谊可以如此简单。

她一边暗忖一边听阿虞大呼小叫："安穗，你从哪里学的这么厉害的化妆手法哦？！"

这个问题令安穗十分尴尬。她至今还是不好意思说出自己已经换了兼职的事。

每到这时，庄雪奕就会跳出来帮她打圆场："人家的学习渠道也算是一种知识，你要知识付费吗？"

阿虞撇撇嘴说："我刚抢完S牌的口红色号，哪有钱啊。"

最近蓝象与S牌做了新的联名款，推出了一系列春季口红色号。当红主播在直播里试了一整个系列，疯狂推荐其中十个色号。"你们一定要买它！"主播亢奋的语气调动了所有女生的情绪。

安穗看着庄雪奕气定神闲地下了单，心里也生出一种渴望。

以前，她因为手头紧而扼杀了自己内心的这些欲望，但现在，她的账户里攒有一笔打工赚来的钱。

血管里的火山在蠢蠢欲动，随着阿虞也咬牙下了单，安穗跟着掏出了手机。

几秒钟后，安穗的"口红滤镜"APP里排满了S牌的新色号。

"居然还随机赠送了S牌的口红管体新壁纸，太划算了！"阿虞发现了这个小彩蛋，嚷嚷起来。

"真的吗？"安穗翻看软件，找到了自己的新壁纸。

她欢欣雀跃地更改了BlueE的外观，竟也跟着阿虞附和了一句：
"真的挺值的。"

〖06〗

安穗体会到赚钱与财务自由的快乐，也体会到打扮自己、接受他人
不断赞美的欣喜。她似乎跟阿虞一样，越来越接近庄雪奕。

但庄雪奕的漂亮和富有是无法轻易被超越的。她穿的衣服、用的保
养品和佩戴的首饰，依旧令所有女生羡慕。

安穗为了跟上她的步伐，只能更努力地打工。

每个月的月底都是冲业绩的时候，老板规定的任务量大，安穗有时
甚至要逃课出来工作。下班回到宿舍，还有一堆作业等着她完成。每到
这时，她都会感到无尽的疲累。

但不断收到的购物快递和"口红滤镜"APP里不断增加的口红色号
总是能抚慰她的这份痛苦，让她割舍不掉这份工作。

时间一晃又是一个月。这天下课以后，安穗叫住了高宇楠。

她终于记起要还他口红钱了，于是把他拉到一个无人的角落里。

"这是之前买BlueE的钱，你收好。"她为了不给他任何联系方
式，特地取了现金给他。

高宇楠接过她的钱，愣怔地看着她的脸。几个月前还是素面朝天的
脸，如今也被晕染上了眼影、腮红、高光……

他低头轻笑，说："你真不用还给我的。"

安穗没有回应他。

他困惑地抬起头来，发现她一如上次那样，早已落荒而逃。他看着她的背影，嘴角的笑终于变得轻蔑。

而另一头，赶回宿舍的安穗收到了学校图书馆的短信提醒。她这才想起来，之前借的一堆书到期还未归还。

她拨开桌子上的化妆品，从角落里捞出了它们。七本网络上没有电子版的书，她只看了一本。

算了，还了吧。

她无奈地抱起书，急匆匆地赶去图书馆还书。

那个脸上长满雀斑的管理员阿姨一如既往地在图书馆里"坐镇"。见到安穗来还书，她热络地站起来扫描图书的条形码。

"咦？安穗？"当她眯着眼看到电脑上的借阅人信息时，才认出来人是谁。

她推了推眼镜，凑近安穗，仔仔细细打量她："你太久没来，我都快认不出你了。"

安穗尴尬地勾了勾嘴角，道："阿姨，您太夸张了。"

"哪有哪有，年轻的小姑娘果然打扮一下就漂亮得不行。"

听到夸赞，安穗忍不住笑，眼睛瞄到旁边的镜子，谦虚地说："只是今天的口红颜色好看罢了。"

说罢，她转身就要走。阿姨却叫住了她："你这次不借书吗？马上就到期末了，有些书不早点借，之后怕是借不到了。并且自习室也得早点预约哦。"

安穗离去的步伐顿住，此时才惊觉，时光如白驹过隙，一个学期又过去了。

刚开学时老师就告知大家，期末考试结束后，学校会提供一个保研的名额。虽说看的是综合能力，但大家心知肚明，成绩对于这样的评比来说有多么重要。

安穗第一次在考试这件事上心生恐慌。

〔07〕

考研这件事，其实是父母给安穗定的目标。

"现在工作岗位的竞争太激烈了，你必须得拿个好文凭，才能选个更好的工作！"父母大抵是在工作晋升上吃了文凭的亏，所以才会对安穗提出这样的要求。

安穗从小就不敢违抗父母的指令，在考研这件事上也不敢有所反驳。所以她之前才会不关心周遭的杂事，一直都是埋头苦读。

可这几个月的兼职生活给她带来了巨大的改变。她把更多的时间花在了工作上，学习的部分自然就懈怠了不少。老师整理的复习资料里，有越来越多的内容令她感到一知半解。

焦虑像溅到铁锅里的水，沸腾着。

阿虞跟她一样焦虑，上个学期她挂了两门科目，这个学期似乎又是凶多吉少。

寝室里唯一气定神闲的就只有庄雪奕了。

安穗记得她也要考研究生，但她似乎对这次考试毫不在乎。

在众人抱着复习资料绞尽脑汁时，她依旧临危不乱地坐在自己的化妆镜前，试着某品牌这个月刚推出的新口红色号。

安穗看着心痒痒，差点就要掏出手机下单。她转念又想到自己已经辞掉了美容机构的工作，之后没有钱进账，只好悻悻作罢。

在期末考试与打工这两件事上，她还是能分清主次的。毕竟，拿下这次保研的名额，可以为她省下更多的时间与精力。

然而逃过的课，都变成了"在问答题上不知如何下笔"的报应，令她脑袋发麻。她只好花比平常更多的时间与精力，去弥补一个个知识漏洞。

那几个星期，是安穗上大学以来最辛苦的日子。

每天一大早起来，她的第一个念头不再是给自己换个怎样的口红色号，而是盘算点多苦的咖啡能使自己变得清醒。撑着脑袋复习到深夜，头痛欲裂却怎么也睡不着觉的痛苦也反反复复折磨着她。

为什么一定要考研呢？之前的兼职不也挺好的吗？

她无数次冒出想要放弃的念头。可父母的责令像是刺股的锥，令她提着一口气，咬牙切齿地把一个个难题攻克下来。

然而到了真正考试那天，她仍然无法像往常那样自信从容。答题的时候，她感觉自己浑身都在冒汗，像是面临一场火刑。她担心自己这次在成绩榜上的地位不保，那样她就彻底失去了竞争这次保研名额的机会。

这种惶恐一直持续到公布成绩那天。

安穗点开班级全员的成绩表，迅速瞄向自己的系排名。

那里简简单单地填着一个数字：1。

本以为自己这次会掉出榜单前十，没想到还能得到这样好的名次。安穗一边惊讶一边狠狠地松了一口气。

与此同时，她听到阿虞又一次发出了夸张的惊呼声。

"雪奕你好厉害，我看你也没怎么复习啊，居然还能排到第二名。"比起自己的成绩，她似乎更在意庄雪奕的成绩，不停地啧啧称奇。

"别大惊小怪的。"庄雪奕则不耐烦地瞄了她一眼，抿了抿嘴，问她，"我新买的色号好看吗？"她似乎真的对排名毫不在乎。

但安穗知道，这次保研，庄雪奕是她最有力的竞争者。

然而在校方确定保研人选之前，发生了一个令安穗意想不到的变故。

〖08〗

安穗曾经兼职工作过的美容机构被黑客扒出了内部资料。资料显示，他们推销的众多高科技美容仪器不过是普通的美容器械，有些甚至还曾被检测出有致癌的风险。

受到欺骗的消费者义愤填膺地在网上咒骂商家，这其中就有很多与安穗同学校的女生。

安穗的确记得，在自己接待的顾客里，有不少似乎在校园里见过。

她以为她们是不会记得自己的，毕竟自己在学校里十分低调，且工作时又化了妆。

然而脸盲的可能只有图书馆的管理员，光顾过美容机构的同学很快便记起了向她们推销项目的安穗。

"我们系好像有个女生之前就在他们家兼职。"

"好像还是学生会的吧？"

"我也记得！我也记得！我之前还问过她她涂的是哪个口红色号。她好像收集了很多BlueE很好看的口红色号。"

"真的吗？能不能分享一下？"

"喂！你们这些人在搞什么？这是重点吗？"

网络上的言论像骤然腾空的烟火，斑斓绚烂，肆意炸裂，炸得安穗心惊肉跳。

接着，她就看到了自己的名字。

"给我推销的那个学姐好像叫安穗吧？"有人一针见血地指出了"重点"。

安穗砰地碎裂在屏幕前。

当天晚上她就接到了老师的电话。她唯唯诺诺地遵从老师的意思，来到办公室。

夜晚的办公室十分清冷，她忍不住裹了裹外套，这才怯怯地坐下。

"安穗啊……"老师叫她名字时都叹出一溜儿悠长的尾音，满是恨铁不成钢的味道，"老师觉得大学生出去兼个职，增长一下社会阅历也不是什么坏事，但是你选工作，也得挑个合法的、靠谱的吧。"

安穗想为自己辩解，却发现自己组织不出语言，只能听老师继续说道："老师知道你大概也是被那些商家给骗了，但现在闹出这样的风波，学校也很苦恼啊。我们好说歹说才让你的学姐学妹们不再讨论此事，可……"

"老师，有什么事您就直说吧。"安穗终于开了口。

老师摇了摇头，极力表现出惋惜，说："学生会也快换届了，你的职位要让出来了。"

"嗯，我明白。"

"虽然你这个学期的成绩在系里排第一，但你也要做好各项评奖都没有你的准备。"老师说道，"不过你放心，这件事最主要还是怪那个商家，我是不会让学校把这件事记到你的档案里的。"

"谢谢老师。"安穗低声回应，然后她犹豫良久才忍不住问，"那保研的名额……"

老师勉强笑了笑，说："其实你也不用觉得可惜，经过我们综合评定后，早已经决定把这个名额给庄雪奕了。"

真的吗？真的不是因为这件事，我才失去竞争资格的吗？

安穗很想如此发问。可是她知道，再怎么挣扎，也都不能改变目前的境况了。

所以当她听到老师安慰自己说"好好复习，以你的成绩，一定能通过联考"时，她只是默默地点了点头。

也不知最后是怎么从办公室里出来的，当安穗拖着疲惫的身体浑浑噩噩地走回宿舍的时候，米姐给她打来了电话。

"安穗，你是不是在学校得罪了什么人？"

安穗不明白她为什么会这么说。

米姐解释道："我们老板因为黑客的事气得半死，于是找人反向追踪了一下黑客的信息，发现他的IP地址就定位在你们学校，细查之下还发现用户名叫YUNAN。你认识这个人吗？"

YUNAN？高宇楠？

安穗僵在原地，想起他那张阴郁的脸。

【09】

每个学期期末考试结束，学校的各个社团都会推出各自的狂欢派对，项目众多，乐趣十足，所以绝大多数同学都会拖上一两个星期才考虑回家。

高宇楠从不参与这类活动，但不知为何他仍留在学校里。

安穗找到他时，他正站在学校的天台上，目光凛冽地俯视学校的东大门。有陆续回家的同学会从这扇侧门出校。

安穗顺着他的目光望去，竟看到同寝室的阿虞一边打着电话一边朝东门走去。她的背后跟着两个智能行李箱，据说非本人触摸它，它会发出警报和电流。

但这些都不是现在的重点，重点是——

"高宇楠，你为什么这么做？"安穗愤怒地向高宇楠抛出质问。

高宇楠显然明白安穗在问什么，可是他岿然不动地站在原地，一言不发。

安穗继续道："因为我拒绝了你，所以你就这样对我吗？"

高宇楠依旧沉默，只是嘴角抖动了一下，像是在笑。

"你得不到的就要毁掉吗？！"安穗提高了音量，把这些日子所受的委屈，一股脑地投掷给他。

高宇楠终于露出了明显的冷笑。他转过头，冷冷地看着安穗，讥讽道："安穗同学，你是不是以为我喜欢你？"

安穗错愕地看着他。

"我的确送了你口红，但是，我可从来没说过这是因为我喜欢你。"他不再低眉，反倒是扬起了下巴，"请你别太自作多情了。"

安穗被他的模样吓到，不自觉地后退了两步。

"那你为什么送我口红？"

"因为我想让你对口红上瘾。"他的声音比今日的天气还要阴沉，"你虽然成绩不错，可终究不是聪明到善于伪装自己的女生，所以旁人能很快看出你在羡慕什么。你羡慕别人拥有BlueE，羡慕别人有无数口红色号……所以我觉得，你一定会对口红上瘾。"

"女孩可能都对这些东西无法抗拒吧。在口红还是普通模样的时代，就有女生为了收集它们，不惜借贷筹款。而现在，它虽然打着环保、节约的旗号，变得智能且简约，但依旧改变不了你们消费的欲望。毕竟科技容易改变，人的欲望却是难以改变的。你们就像扑火的飞蛾，疯狂地在这火焰里狂欢。"

安穗不明白他为什么会发表这样的高谈阔论，也不明白他为什么要让自己陷入消费的陷阱。毕竟自己对口红上瘾，于他又有什么好处呢？

"你对口红上瘾，对我来说当然有好处了。"高宇楠似乎看穿了她的想法，笑道，"因为我可以让喜欢的人开心。"

"你喜欢的人？"

"与你在成绩榜前两名缠斗的人——庄雪奕啊。"他咧嘴笑道，"我知道她是要考研究生的……既然有机会能让她少点复习备考的辛劳，我何乐而不为呢？"

安穗突然觉得自己很可笑。是啊，自己又有什么魅力能得到别人的喜欢呢？高宇楠喜欢庄雪奕，才是意料之中的事。

与此同时，安穗想起他曾经为了一个女生从二楼跳下去的事，不禁汗毛竖立。

高宇楠却似乎对自己的"付出"沾沾自喜。

"我送你口红，是希望唤醒你心里那只名为欲望的野兽。但你似乎挺有毅力的，明明那么想要BlueE，一开始却没有主动用它试色。还好我留了一手，知道校园开放日庄雪奕要涂什么口红，所以我早就预购了同款颜色。"

"所以校园开放日当天，庄雪奕丢的化妆包是你偷的？！"

高宇楠没回答安穗，而是像在展示自己的杰作似的自顾自地说下去。

"那是个限量版色号，在当时的状况下，只有你能解她的燃眉之急。你不可能见死不救，因为明眼人都看得出来，你其实很想与她亲近——没有人不想与她亲近。"他似乎在回想庄雪奕那张肤如凝脂的脸，"既然BlueE口红被迫用了一次，你就有理由将它留下来，而不是还给我。紧接着，不出我所料，你心里的那只野兽便蹒跚而出了。"

安穗随着他的言语回想起过往种种，讶异不已。她想要说点什么，可她的舌头已经打结到说不出一句完整的话来。

"为了满足自己的欲望，你会去借贷吗？我觉得不会。"他突然嗤笑一声，道，"当然，这个我也说不准。不过事实是，你选择了去打工。打工这件事本来没什么，只是增加一点社会阅历罢了。不过我希望它能影响到你的学习，让你在期末考试时失利，那么保研名额就只会给雪奕了。"

"不过令我没想到的是，你还挺有本事，最后还是能稳居成绩榜第一名，害我的计划差点失败。"高宇楠露出得意的笑，"幸好你们老板办事不干净，不然我还真不知道该怎么办才好呢！"

他的笑声十分刺耳，令安穗浑身颤抖。

"庄雪奕是不会喜欢你这种变态的！"她大声吼道。

高宇楠将双手枕在后脑勺，对着天空仰起头。

"那又怎样？爱本来就是我一个人的事。"他陶醉在自己制造的"为爱付出"的满足感里。

安穗觉得他就是个疯子。

〔10〕

回去的时候下起了雨。黏稠的雨滴惹得安穗心烦，就连奔跑的脚步也变得凌乱。终于趁着雨下大之前冲进宿舍楼，她气喘吁吁地站在大厅的镜子前打量狼狈的自己。如今，镜子里的那张脸上化着好看的妆，涂着衬肤色的口红，美得不像她自己。

她不知该如何评价现在的自己。

就在这时，她发现宿管阿姨正坐在自己的小隔间里，用BlueE口红给自己的嘴唇上色。

安穗竟辨别出了那口红的色号——Y牌限量色号23！

她像是预感到了什么似的，疾步向隔间的玻璃窗走去。

阿姨注意到她，抬起头来。

安穗却没有看她，而是将目光投向她面前的化妆包。

"阿姨，这个化妆包是你的？"

"啊？"阿姨愣了一下，很快反应过来，"它呀，是你们寝室的庄雪奕送给我的。虽然她说里面有些化妆品已经用过了，但是我看大部分都是全新的。哎呀，你们这些年轻女孩就是喜新厌旧。虽然我小时候也是这样，但现在我老了……连化妆都不好意思了。只能等你们放了假，差不多都回家了，才敢拿出来涂一涂。"

阿姨滔滔不绝地说着，安穗却只关心一件事。

"那是什么时候的事？"

"啊？"

"庄雪奕送你这个化妆包是什么时候的事？"

"这我哪记得啊，反正是某天一大早的事。"

"是不是校园开放日？"安穗追问道。

阿姨皱着眉头想了一会儿，终于确定似的说道："对对对，好像就是校园开放日那天。我记得啊……"

一打开话匣子，她似乎就停不下来了。但安穗却已经没心思听她说话了。

整件事的细枝末节都变得清晰起来。

在高宇楠解释一切时，安穗就觉得有哪里不对劲。现在，她终于理清了思绪。

是庄雪奕在暗地里指使高宇楠给她设计了一个欲望陷阱。

所以校园开放日当天，她才会对一个口红色号如此执着，所以她才会在自己借她口红后主动给自己化妆。她是要让自己一步步落入她的圈套。

她之所以没有用更直接的方式阻止自己获得高分，而是企图用如此迂回的方式影响自己，是因为她不能用幼稚的陷害手法给她自己留下污点。

不过她大可不必如此担心。因为只要她想，无论什么事，高宇楠都会为她揽下。

他故意暴露自己的IP地址和ID名，在安穗面前展现自己丑恶的一面，就是为了庄雪奕能彻底清白。

"这BlueE口红，据说要什么颜色就可以变成什么颜色，但账号绑定什么的我搞不来，也就只能用这一种颜色了。"阿姨还在喋喋不休地说着。

安穗想，她之所以无法使用其他色号，是因为这口红连同化妆包都不是庄雪奕送给她的。大概是庄雪奕丢掉了化妆包，被她捡到了吧。

安穗没有戳穿她，而是转身朝寝室跑去。

她心里的怒火正灼烧着她的每一根神经。与此同时，她回想起校园开放日筹备的那天，庄雪奕对学弟们说的话——

"我庄雪奕的人生，不可以出现任何闪失！"

保研名额对于她来说，也不可以出现任何闪失。

所以，她就可以这样对待自己吗？

安穗愤怒地冲进寝室，想与庄雪奕对峙。但是她的床铺、书桌，空空如也。

她想起天台上高宇楠的俯视和阿虞走向东大门的画面。

高宇楠是在默默地窥视庄雪奕吧，而阿虞的另一个行李箱，大概就是庄雪奕的吧。庄雪奕以胜利者的姿态拿到了保研的名额，轻松地回家享受悠长的假期。

而她……

此刻的安穗感觉自己的愤恨一时间泄了气。她颓然地坐在椅子上，对着自己的桌子发呆。桌子上放着她那支BlueE口红，口红的管体上印着奢侈品牌的壁纸——那张令她觉得超值的壁纸。

安穗突然觉得万分羞愧。她羞愧于自己被轻易看透，羞愧于自己愚蠢的欲望被提前预知。

倏然，她猛地抓起口红，朝着墙壁狠狠地砸去。

"啪！"管体在撞击之后碎裂开来，壁纸挣扎着闪烁了几下，旋即消失，只留下原有的银白。

安穗盯着这银白失了神。

说到底，她也有错。是她抵抗不了诱惑，不自量力地追求不符合她现在的消费水平的东西；是她给他们留下了把柄，错失了保研的名额。

但……

她不可能就此被打倒，她还有机会通过联考考上研究生！

安穗站起来，拾起破碎的口红，丢入了垃圾桶。

然后，她掏出手机，删掉了"口红滤镜"APP。

她决定在自己离校前，去找图书馆管理员问声好。

毕竟之后的日子，还要请人家多多关照。

Chapter 8

第 八 章

四 季 之 境

她不图他会爱上她。

她只想让他梦想成真，

心满意足。

〖01〗

"偷走四季，种在我家花园里。"

第一次看到这句广告语时，文懿刚转行做编剧。她在寸土寸金的城市里租了一间狭小的房子，时常要忍受同租的房客深夜晚归的吵闹声，以及对方霸占公用卫生间一个小时仍不出来的蛮横劲。

她受够了这样的生活，极度渴望自己有一天能够在这座城市买一套属于自己的房子。她期待那份独属于自己的宽敞明亮，舒适惬意。但在这个房价越发惊人的时代，这样的目标几乎等同于幻想。

不过……既然都是幻想，不如幻想个最惹人钦羡的吧。

于是文懿把目光投向蓝象科技的新项目——四季之境。

这是蓝象科技第一次进军房地产界。他们阔绰地盘下了城市里景色最宜人也最昂贵的地区，誓要将其打造成最高档且最舒适的豪华别墅区。

他们利用尖端科技，让住户可以将自家的别墅区域调节成自己喜欢的季节。纵使城市里大雪纷飞，别墅区里也依旧可以春意盎然或烈日炎炎。

且不说这项功能到底能带来多么舒适的享受，单凭这与众不同的噱头，就足以令众人心驰神往，让富豪们争先恐后地斥巨资预订。

文懿虽然也幻想着有一天能搬进这样的别墅区，但她心里明白，这是渺茫到如海里寻针的念想。

可茫茫大海，未必没有一针。

文懿自己都没想到，之后的几年里，她的人生会发生如此翻天覆地的变化。

她凭借自己剧本里新颖的故事设定和鲜明的人物刻画，在众多小编剧中脱颖而出，成了圈里炙手可热的知名编剧。

她写的剧总是能成为现象级作品，引爆无数话题。出演其剧的演员也纷纷爆红，成为引得万众粉丝尖叫的闪耀新星。她的编剧费自然水涨船高，抵达行业最高标准。

待到她回过神来，她的脸庞和指纹已经能解锁四季之境B2栋别墅的大门。

城市的炎炎夏日被阻隔在她家的花园之外，花园之内，阳光温和而清雅地落在樱花树上，粉嫩的花瓣随微风缓缓落下。她一边欣赏着这永不败落的春日美景一边思考新作的人物设定。

但写了这么多年，还有什么新鲜的人物可以书写呢？这几个月以来，新剧本卡壳的痛苦令文懿快要抑郁了。在这样困苦的瓶颈期里，她只能不停地喝咖啡，企图让自己的思路变得清晰。

在花园里喝完一整杯咖啡，文懿也没能构思出足够令她满意的人物与剧情。她叹了口气，站起来，踩过一地的樱花，转身上楼。

回到三楼的书房，打开电脑，文懿就看到密密麻麻的消息和邮件弹出的红色提示标，等待她一一查看。这些信息里有粉丝的反馈和鼓励，有制片方的高价邀约，也有多个经纪人为让他们的演员上她的戏的恳求……

每天无止境的信息让文懿头昏脑涨。好不容易全处理完后，她又赶紧给自己再倒一杯咖啡"续命"。她端着咖啡，站在书房的窗前向外眺望，企图让自己的眼睛放松一下。

然后，她又一次注意到了那个住在她家后方B3栋别墅的男生。

他似乎是近期才搬进来的。搬进来后，他就把花园的季节设定成了冬天，而且是大雪纷飞的严冬。

一开始，文懿以为他喜欢的是外冷屋热的反差感。但奇怪的是，男生似乎很喜欢外头冰冻三尺的寒冷。连续几天，他都穿着厚重的羽绒服，雷打不动地坐在冰天雪地的花园里，对着泳池支一根鱼竿钓鱼。

文懿知道四季之境每户都配有一个私人泳池，也知道它们可以变换成池塘观赏模式。但泳池真的可以钓鱼吗？

文懿每次观察他的时候，从没见他钓上来过一条鱼。可他总是气定神闲地坐在原地，从白天钓到黑夜，也不知是出于什么目的。

文懿对于这种奇怪又神秘的人总是心生好奇。

她很想去拜访人家，但据她的观察，对面的这个男生似乎总是孤身一人。他好像从不外出，也好像从来没有人来拜访过他。

他这样孤僻的性格，会愿意被人打扰吗？文懿对此有所顾虑。毕竟住在这里的人非富即贵，她不一定得罪得起。

想到这里，文懿摇了摇头，打消了脑海里的念头。

但她没想到自己很快就收到了他的邀请。

〔02〕

文懿习惯在深夜写稿，熬得晚，醒得也很晚，第二天起床已是中午。她来到书房，给自己倒了一杯美式咖啡，边喝边拉开窗帘。

B3栋别墅的花园立刻映入眼帘，依旧是冰天雪地的场景，依旧有一个男生坐在池塘边钓鱼。唯一不同的是，男生的不远处多了一个雪人。

雪人做得非常粗糙，一大一小两个雪白的圆球堆叠在一起，没有眼睛、鼻子、嘴巴，但它的脸上好像印着什么东西。

文懿掏出手机，打开相机模式，不断放大镜头里的画面。很快，她就发现那居然是一个二维码。

相机自动对它进行扫描，竟跳转到了聊天软件上。

一条信息弹了出来："邻居您好，您观察我很久了吧？"

糟糕！被发现了！文懿心一惊，做贼心虚般地赶紧从窗边退开。

手机软件却再次弹出消息："不要惊慌，我没有要责备您的意思。其实我也想认识一下我的新邻居。如果您方便的话，欢迎来我家玩。"

他没有提出自己上门拜访，是因为顾虑到她一个人在家不方便，还是他本身就不愿意出门呢？文懿心里不清楚，但她的确对他产生了好奇。

为什么会有人这么喜欢冰冻三尺的季节呢？

怀抱着疑问，她给他回了信息："新邻居您好呀，我很乐意去您家拜访。如果您方便的话。"

"没有什么不方便的。"对方很快给了她回应。

于是文懿与他约定，将会在下午登门拜访。

为了策划新剧宅在家里太久，难得有理由出门，文懿心里有种莫名的兴奋。她将咖啡猛灌进嘴里，然后便冲到化妆台前。

一个小时后，她在一堆新人演员为了巴结她而送的礼物中挑选了一样伴手礼，拎着它站在了B3栋别墅的门口。

大门很快打开，文懿步入玄关。

四季之境里，每一户大门的玄关都是一间"季节适应室"。由于屋主设定了他的别墅区是严冬，所以玄关里的智能衣柜里调出的全是冬季的装备。

"女士您好，系统检测到您是第一次拜访，且未穿戴适合本屋季节的衣物，所以我们将为您提供全新的季节性衣物。我们为您提供的羽绒服、冬季长裤与长靴，全部来自G牌的高级定制款，请随意挑选。"

衣柜门应声打开，文懿发现每样衣物都有三种款式可供选择。她挑了一套淡蓝色的冬衣，换掉了身上的春装，再步入冬季的花园。

一阵冷风吹向她的脸，她裹着羽绒服仍然抖了两下。

这家伙，温度设置得也太低了吧。她暗自吐槽，径直向仍坐在池塘边钓鱼的男生走去。

她的脚踩在雪地上，发出沙沙的声响，惊动了对着池塘出神的男生。

"你来了呀。"他站起来，用像跟老友打招呼的声音招呼她。

文懿原本的拘谨也因他这样的态度，忽然消散了不少。她微微仰起头看他。

她没想到他如此年轻，大概比她小六七岁的样子，而且个子非常高，像一棵松柏。更令她意外的是他的俊朗。虽然比不上出演过她的剧的那些男主角，但在普通人当中，他的长相已然是出类拔萃。

"我是不是忘了自我介绍？"男生淡淡地笑着，不过分热络，也不显得冰冷。

然后，她知晓了他的名字，厉昌麒。

交换完姓名后，厉昌麒问她："你要一起来钓鱼吗？"

"我知道这里的泳池可以变成池塘……但我记得里面观赏的鱼群是虚拟的，怎么垂钓？"文懿皱了皱眉头。

"就钓虚拟的鱼，像玩电子游戏一样。"男生爽朗地拍了拍他所坐的长凳，示意她坐下。

文懿乖乖坐下，看到冰天雪地里的池塘水面上一点冰碴都没有。这大概是厉昌麒设置后的结果吧。

此刻，男生正盯着甩在池塘里的鱼竿一动不动。忽然，水面泛起涟漪，他猛地提起鱼竿，一条鲤鱼出现在了水面。

他身旁的手机响起钓鱼成功后的提示音，那水面上的鲤鱼影像快速消失。

怪不得文懿之前从未看他钓上过一条鱼，因为根本就没有实体的鱼。

文懿突然觉得面前的这个男生有点好笑。怎么都这么大的人了，会喜欢玩这种无聊而幼稚的游戏？

厉昌麒似乎看穿了她的想法，说："不过是为了打发时间罢了。再说，这些鱼都可以变现的。手机上会显示你钓的鱼的品种与重量，你可以选择你喜欢的，让物业送真实的鱼过来，或是帮你做好，送过来品尝。其他的则可以积累成积分，兑换一些其他的物业服务。"

他就像个纯真的大男孩，滔滔不绝地说着。

文懿对他的话却没有兴趣，她想问的是——

"我看你好像每天都在花园里钓鱼，你没有工作吗？而且你好像从不出门，总是待在这冰天雪地里，为什么？"

"因为我喜欢白雪皑皑的景色啊。而且现代生活很方便，你要什么都有机器人给你送过来，为什么要出门呢？"厉昌麒回答得理直气壮，反而让文懿一时间不知该如何接话。

这个解释是没什么问题，但厉昌麒说完这句话后，脸上露出了忧郁的神色。

"怎么了？"文懿有些困惑。

"没什么。"厉昌麒盯着水面，又一次出了神。

过了良久，他才叹了口气，语气诚恳地说："其实……我不喜欢冬天。很少有人会喜欢这么寒冷的冬天。"

"那你为什么要把这里设置成严冬呢？"

"因为……"厉昌麒顿了顿，像是鼓起了勇气，"因为我有病，桑德格尔症。但凡温度升高一点，我的皮肤就会起红疹，十分难受。只有在寒冷的天气里，我才会感觉舒适一些。"

他的语调像降落伞，越来越低，令文懿心一紧。

"啊，对不起。"看着男生一脸悲伤的模样，她责备自己应该早早考虑到类似的可能性的。

厉昌麒却说："没关系的。"

虽然他嘴上说没关系，但文懿明显感觉到他的情绪十分低落。

尴尬横亘在他们之间，令文懿无所适从。

要不是后来同事打来电话说制片方要开会，她真不知该如何处理当下窘迫的局面。

她暗骂自己愚笨，都三十好几的人了，为何仍如此冒失。

她一边宽慰厉昌麒"一切都会好起来的"一边向他道别。最后，她几乎是逃跑般地离开了他家。

厉昌麒站在雪地里，目送她的背影消失在玄关。

然后，他扑哧笑出声。

〔03〕

文懿很快意识到自己被厉昌麒骗了。因为这个世界上，根本没有什么桑德格尔症！

亏她在开完会后，满怀愧疚地上网搜索了这个病症。结果搜索引擎的结果告诉她，这一切不过是厉昌麒的胡编乱造罢了。

文懿觉得当初在他面前表现出同情和愧疚的自己犹如一个傻子。

与此同时，她越发好奇厉昌麒待在严冬里的原因。因为她有预感，他似乎真的如他自己所说，其实并不喜欢冰雪严寒的季节。

虽然打探他人的隐私并不是什么道德的事，但文懿心中好奇的野猫一旦苏醒，便开始抓耳挠腮地让她无法不挂心。她盘算着找一个合适的理由，再次登门拜访。

不过还没等文懿想到拜访的由头，厉昌麒就又给她发来了消息。

"今天钓到了一条分量很足的鳜鱼，我决定亲自下厨做道松鼠鳜鱼。你要来尝尝看吗？"

虽然他发的是文字，但文懿在阅读时，不知为何已经能想象出他说这话的语气——那种少年自来熟般清爽又亲切的语气。

她下意识地回了一个"好"字。

傍晚时分，文懿再次来到了四季之境B3栋别墅。大门玄关的"季节适应室"里的衣柜已经能识别她的身份，非常贴心地给她提供了上次那套做客服。文懿穿着淡蓝色的羽绒服，步入厉昌麒家的花园。

落雪的院子里，那个曾向她展示二维码的雪人已经被改换了样貌，变成了一只皮卡丘。它的手指向别墅房门的方向，宛若一座卡通路牌。

这么精致的雪人，一定不是厉昌麒亲手做的吧。文懿顺着雪人的指示向前走，果然看到了造雪人的机器人正在努力做第二个路标雪人。

"网红产品果然不太靠谱。我本来以为这家伙堆雪人会很快，想在你来之前做一串精灵宝可梦的路标来着。"厉昌麒的声音忽然响起。

文懿循声抬头望去，只见男生穿着围裙，逆光站在门口，微笑着看她。

"没想到你这么有……童心。"文懿指了指地上吭哧吭哧堆雪人的机器人。

"我以为你们女生都喜欢这种可爱的东西。"厉昌麒说，"我看网上有很多女生都在买这玩意儿，今天特地让闪送送到家里来的。"

"可我已经不是小女生了。"文懿踏上台阶，笑道，"你以后可别再被网上这种鸡肋的产品骗走钱了。”

厉昌麒无可奈何地眨了眨眼，侧身让她进了门。

屋内温暖的空气很快就让文懿脸红起来。

“从玄关到屋内要连换两次衣服，的确很麻烦吧？”厉昌麒看着文懿脱下羽绒服，抱歉地说道，“虽然蓝象有推出代步车，可以直接从大门抵达屋内，但我觉得那个设计更像个保温箱。人坐在里面，就好似一只动物被关在笼子里。我不太喜欢这样的感觉，所以就没有让物业提供这项服务。”

听厉昌麒这么说，文懿摇了摇头，开玩笑道：“没关系，有钱人就要承受有钱人的这些小烦恼。”

厉昌麒被她的话逗笑，勾着嘴角，应她的要求，给她倒了一杯红酒。

文懿一边抿着酒一边坐在厨房的吧台边看他做鱼。

她想起有人说过，当一个人在做一件事时，是很难撒一个完美的谎言的。于是她那不太礼貌的好奇心又开始作祟了。

“所以，你为什么要骗我？”文懿说出这句话时发现，自己不是在责备厉昌麒，而是在兴致盎然地对他提出疑问。

厉昌麒片鱼的手微微一顿，却没回答，继续听她说下去。

“如果你不想告诉我你一直待在冬天的缘由，可以直接拒绝回答我。为什么要骗我呢？而且用的还是那么容易揭穿的谎言。”

“可是你当下不是相信了吗？”厉昌麒终于笑道，“其实当时我不知该如何回答你的问题，又觉得不回答显得自己很奇怪，所以才胡编乱造了我有病的故事。”

"但你应该也知道，我很快会发现桑德格尔症是不存在的吧？"

"嗯，只要上网一查就会知道了。"

"那你今天还邀请我来吃饭？就不怕我骂你吗？"

"比起骂我，你应该更想知道我住在冬天里的真相吧？"厉昌麒背对着她，缓缓说道。

"的确如此。所以你这次会告诉我真实的缘由吗？"

"由我告诉你，那也太无趣了。"厉昌麒微微侧过头，说，"作为编剧的你，不应该多思考一下各种可能性吗？"

"一个男人，住在极度的严寒里，从不出门，好像也从不邀请好友拜访。嗯……"文懿一边喃喃地说着一边思索着，"如果这是一部悬疑推理剧的话……那很有可能是你杀了人！"

"哦？"厉昌麒一愣，停下手中片鱼的刀，转过身来，饶有兴致地看着她。

"杀了人后，一时间想不出该如何处理尸体的你，想起家里还有一处空闲的房产——这栋房子，可以将温度设置成最寒冷的模式，且有极其严格的安保措施……所以你突然入住四季之境，并将尸体搬了进来，趁夜色埋在了被冰雪覆盖的院子里。这样尸体就不会发臭，也不会被发现。"文懿分析道，"然而你还是害怕事情会败露，所以以每天坐在院子里佯装钓鱼，实则是在守护自己的秘密。你不出门，也不邀请好友拜访，也是为了降低尸体被发现的可能性。"

"那我又为什么要邀请你呢？"厉昌麒微皱眉头，对上文懿的目光。

文懿一时半会儿想不出答案，失神地思考着。

厉昌麒突然笑起来。

"因为我察觉到你一直在偷偷观察我。我害怕你发现了什么，所以我邀请你来我家，进行进一步的确认。结果我发现，你果然很在意我住在严冬里的真相。"厉昌麒背着手走到文懿面前，文懿惊讶地发现他竟变换了表情，此刻的厉昌麒眼里噙着一股冷漠的狠劲，她听他又继续说下去，"为了保险起见，我决定杀了你。但是第一次见面，你因为收到工作消息没能进屋来，所以我决定把这个计划延期……"

文懿盯着他那变得凶恶的眼神，突然感觉自己的后背泛起阵阵凉意。

她看到厉昌麒背在身后的手动了动，并朝她伸了过来！

"啊！"她惊声尖叫。

下一秒，她就看到厉昌麒得逞般地笑了起来。

"我说，你们编剧这么容易被自己胡编乱造出来的故事吓到吗？"他将手里的一盘三文鱼放在了文懿的面前。

文懿惊诧地看着他，目光瞄向操作台，切鱼的刀安然无恙地被搁在案板上。

于是她嗔怪他："你这家伙怎么这么爱演啊！也太幼稚了吧！"

男生咯咯地笑起来，露出两颗颇为可爱的虎牙。

"松鼠鳜鱼是道大菜，要做很久，所以先给你准备了一份三文鱼下酒。"他示意她品尝，但文懿的心思根本不在这道菜上。

"所以，你到底为什么一直住在严冬里？"文懿有些崩溃。

厉昌麒露出不得不尔的表情。

"如果我说是因为你，你会相信吗？"

"啊？因为我？"

"嗯。因为你。"他十分肯定地说。

〔04〕

"我今天的这顿饭，是为了跟你道歉，也是想跟你道别。"厉昌麒将一盘松鼠鳜鱼端到文懿面前。

文懿无心注意面前这道做得马马虎虎的大菜，而是对着厉昌麒露出困惑的表情。

厉昌麒说："其实我们五年前就见过面。当时我刚签了经纪公司，想投身演员的行列，所以跑了很多剧组面试。其中就有你做编剧的剧组。你亲自坐镇面试演员，但第一轮就将我刷了，所以你可能不记得你曾经见过我。"

的确，文懿面试过太多演员，很难将他们的脸一一记住。更何况其中有很多人都比厉昌麒更英俊，她会忘记他是再正常不过的事了。

"之后的五年，我也出演过一些乱七八糟的作品，但都不温不火。原先的公司也跟我解了约。解约后，我开始怀疑自己是不是适合走演员这条路。就在这时，我有个有钱的发小发现你搬进了四季之境，而且就住在他投资的房产的隔壁。于是他就怂恿我搬到这里，来……"厉昌麒尴尬地打住了话头。

文懿直截了当地接话道："来勾引我吗？"

厉昌麒抱歉地笑了笑。

"'你要是能跟大编剧攀上关系，还愁没有咸鱼翻身的机会吗？'发小当时一边恨铁不成钢地揶揄我'五年了事业还没起色'一边给我出主意。他说机会都是留给懂善用潜规则的人的，要想红，就得多一些手段。"厉昌麒坐在文懿面前，盯着鳜鱼身上红色的汁液说，"他让我自己想办法引起你的注意，于是我想起你之前参加过一档访谈节目，你在节目里说你总是对奇怪的人和事物产生好奇，所以我就借着四季之境，设下了一个谜团。"

"一个足不出户、每天坐在冰天雪地里钓鱼的怪人？"

厉昌麒点点头："结果我发现，这个奇怪的举动果然引起了你的注意。"

文懿觉得荒唐。她没想到，他居然也是那群想要通过巴结她获得一夜爆红机会的小演员里的一员。

所以之前的欺骗和今晚的"吓唬"，难道都是他在向她展示表演实力吗？

多幼稚！多可笑！多丢人！

"那么你现在的自白又是为什么？是因为担心我迟早会发现真相，所以先营造出悔过的样子，好博取我的理解和同情？"文懿感觉心里压着一股无名的火，语气也变得咄咄逼人起来。

"没……没有。"厉昌麒慌张起来，"其实我一直很惶恐……毕竟这样争取机会并不是什么光彩的事。但……但内心的欲望又让我无法彻底无视发小的提议。所以最终，我还是搬到了四季之境，想试一试。可当我第一次见到你后，我发现自己还是办不到。"

"为什么？"

"因为你太单纯了。"

文懿不知道这个评价是好还是坏。毕竟以她的年纪被形容为单纯，很像是在批评她愚蠢。

厉昌麒没有察觉到她的脸色变化，继续说道："在剧组里，你是掌握演员生杀大权的大编剧，成熟稳重，做事游刃有余。可事实上在生活里，你是个容易轻信别人的小女生。欺骗这样的你，我觉得很过意不去。"

喂！你个毛头小子，凭什么这么分析我！文懿很想把这些话骂出口。可话到嘴边却销了声，匿了迹。

"而且每天坐在如此寒冷的花园里钓鱼，我也思考了很多，清醒了很多。五年了，我也出演过不少剧，甚至在发小投资的电影里出演过男二号，可还是无人知晓——连在圈子里的你，见到我时也完全没有印象，我想，大概是我的确不适合走演员这条路吧。如果我再这样执迷不悟下去，迟早有一天连自己都养活不了。所以我决定接受现实，临崖勒马。"厉昌麒不无悲伤地说道，"我不想靠欺骗别人再给自己争取徒劳挣扎的机会了。所以，这顿饭，我想跟你道歉，也想跟你道别。"

"你是要搬走吗？"

"嗯。准备明天搬走。"

"这么快？"文懿有些诧异。

"虽然发小说我可以随意使用他的房子，但免费住在别人家，我心里总是过意不去的。"

"那之后你准备去干吗？"

"去找其他工作呗。"他轻松地说道。

文懿不知道他的这份轻松是真是假，她只知道，自己不知为何，心中竟对他有些不舍。

因为他如此坦白？因为他的失意令她产生了怜悯？可万一这一切都只是他俘获她的计谋呢？

文懿告诫自己，她不能再那么单纯了。因为她已经撞过一次南墙了。

她想起周尼斯，想起三年前他们那短暂的地下恋情。当时她利用自己的权力，给了他出演她的剧里男主角的机会。然而他却在爆红之后，迅速与她划清了界限。

也许正如厉昌麒所说的，她真的很单纯。她不能再重蹈覆辙。

于是她苦笑着对厉昌麒说"没关系"，对他的离去也没有挽留。

只是当天晚上，当她离开他家——准确来说是他发小的家——看到铺满雪的花园里一排可爱的雪人路标时，她还是出了神。

那个网红堆雪人机器人还在吭哧吭哧地挖着雪。

但文懿知道，这里的冬天已经结束了。

〔05〕

厉昌麒搬走后，B3栋别墅的季节开始与城市里真实的季节同步。那层厚厚的雪已经融化，虚拟的池塘也变回了它原本的泳池模样。偌大的花园里，只有一个管家机器人每天会固定在此整理，以确保下一位住客入住时，别墅里的一切依旧整洁美好。

文懿时常端着咖啡站在窗户边，眺望空空荡荡的B3栋花园。她竟有点想念它落满雪的模样。

她甚至期待，有一天，它真正的主人会搬进来，然后邀请他的好朋友们前来聚餐。那么，她或许就可以再次见到厉昌麒……

文懿被自己的这个想法吓到，她不明白自己为何会对只有几面之缘的男生挂心。

也许是因为曾经觉得他神秘，也许是因为觉得他诚恳坦率得很可爱，也许……

文懿遏制住脑海里翻涌的思绪，告诫自己，他不过是她人生中的匆匆过客罢了，她应该把更多的心思花在手头的工作上。

毕竟她不仅要写新的剧本，还要去一个迷你剧的拍摄现场盯场。

这部迷你剧是文懿很早以前写的，片方因为各种原因拖了整整两年才交由新人导演开拍。文懿担心中间有一些内容已经不符合当下年轻人的喜好，所以本着对自己作品负责的态度，她决定跟组修改剧本，顺便替制片人盯场新人导演的拍摄。

但四季之境外的天气，出乎她的意料。

文懿最近几个月都待在舒适的春天里闭关撰写新剧本，完全没有意识到今年夏天的气温高得令人咋舌。

骤升的高温令文懿浑身难受。但众人都在烈日下工作，自己也不能太矫情，她只能忍着黏腻的汗水与烦躁的心情在片场里穿梭。

今天剧组选在海边拍戏，广阔的场地让人在太阳底下无处可躲。

文懿坚持了两个小时，身体的不适越发明显，想回房车里休息。结果没走几步，她就两眼一黑，一个趔趄摔倒在沙滩上。

剧组其他人仍专注在拍摄上，没人第一时间发现她晕倒。她就这么瘫倒在滚烫的沙子上，被太阳暴晒着。

也不知过了多久，身边才响起众人焦急的声音。

她感觉自己被谁抱了起来，于是努力睁开眼。厉昌麒的脸出现在视野里，令她以为出现了幻觉。

后来，当她回忆起这件事时，仍觉得不可思议。这么烂俗的巧合桥段，她都不敢写进自己的剧本里。可现实中，命运的重逢就是这么不由分说地发生在她的身上。

"你怎么来了？"

坐在医务车里，她惊讶地问他。

厉昌麒低头笑着说："我是来给你们剧组送冷饮的。"

原来厉昌麒搬离四季之境后，开始在一家甜品店上班。今天，店里接到有史以来最大的一笔单子，老板怕是有人恶作剧，不放心让机器人外送，就让厉昌麒负责送达。结果刚到片场，他就看到文懿一头栽在沙滩上。

他吓了一跳，一路飞奔过来，抱起她就找片场的医务车。

听完医生的诊断，他才松了一口气，脱下自己的鞋子，把里面的沙子倒在了医务车外。

文懿仿佛能想象到他踩着沙子飞奔过来的场景，白色的T恤被风吹得鼓起，无数滚烫的沙粒随着他的奔跑灌进鞋子，磨得他的脚生疼……

这个想象令文懿很感动，她决定以后一定要把它写进自己的故事里。

"可惜的是，因为中暑，你不能喝我们店的冷饮。"厉昌麒看文懿的脸色有所好转，道，"不过没关系，只要你们场务明天继续订我们店的东西，你就可以尝到了。我们店夏季的主打产品其实是芋圆冰沙。"

文懿没忍住笑，说："你这家伙还挺敬业的嘛，我都这样了，还要向我推销你们店的产品？"

"混口饭吃嘛。"

他一咧嘴笑，文懿的心情就不自觉地变好了一些。

"谢谢你救了我。"她由衷地道谢。

"救？没那么夸张。"厉昌麒摆摆手，叮嘱道，"不过你真的要注意身体，好好休息。"

她点点头。

"那没什么事，我就先走了。"厉昌麒同她道别。

文懿点点头，看他下了车。

透过车窗，文懿目送厉昌麒离开，结果看到他走到自己的车子旁停了下来。他靠在车身上，目光久久地盯着演员拍摄的方向。纵使隔着不算近的距离，文懿也能感到他心中的那份羡慕。

"文姐，你好点了没？"负责场务的小曼不知从哪里给她榨了一杯西瓜汁端到车上，"冷饮您是不能喝了，但西瓜汁还是可以的。"

"好可惜啊，这样热的天气，就应该喝冷饮的。"她用略带夸张的语气说道，"那只能请你明天再帮忙点一下了。听说你们今天点的这家的芋圆冰沙很不错。"

"哦，是吗？那我待会儿就去订。"

"他们家的店员还在呢。"文懿示意小曼赶紧行动。

"没事啦，我们有老板的联系方式，不着急。"小曼顺着文懿的目光看向车窗外，"不过他们家这位送外卖的小哥真的挺帅的。只可惜已经有女朋友了。"

"你怎么知道的？"

"刚才确认送达订单的时候，我看到他手机的壁纸是一张跟女生的亲密合照。"小曼叹了口气说，"唉，帅哥总是别人的。"

她还在感叹，文懿却失了神。

像厉昌麒这样清俊的男生，有女朋友是再正常不过的事。可她就是觉得意外、惊讶，甚至……难过。

直到这时，她才不得不承认，自己对他动了心。

〔06〕

厉昌麒推荐的芋圆冰沙的确美味，很快便俘获了众人的味蕾。之后的几天，剧组每日的下午茶都来自这家店。老板对他们的大订单十分看重，每次都派遣厉昌麒亲自送达。文懿也得以经常能见到他。

但除了开始的那几天厉昌麒曾关怀过她的身体外，两个人并没有过多的交流。毕竟一个要跟演员对剧本，一个要整理一大堆甜品。

不过文懿一有空就会留意厉昌麒的举动，她发现他总是时不时地观察剧组的拍摄。每次回去以前，他都会靠在自己的车边许久，对着演员拍摄的方向出神。

虽然曾在她面前信誓旦旦说要放弃表演，可说到底他还是放不下的吧。

文懿真心替他难过。

时间一转眼到了杀青的日子，天公却不作美地下起了暴雨。原本定的别墅室外场地没有办法进行拍摄，导演急得焦头烂额。文懿只好提出，或许可以在她家拍完剩下的内容。毕竟在四季之境里，别墅区是否下雨，是可以由屋主决定的。

与此同时，文懿更改了设置，将自己家的春天改为了夏天，以符合剧本的设定。

初入四季之境的工作人员都啧啧称赞这里的科技。

"要是以后场外拍摄也能像这里一样，可以控制天气就好了。"

"打造四季城市吗？"

"不需要这么兴师动众。我听说有些影视城已经开始问蓝象要技术授权了。"

"那太好了！就是到时候场地租赁费肯定会涨。"

众人一边架着机器一边讨论着。

负责场务的小曼这时跑过来找文懿，说希望给一下厉昌麒进入四季之境的通行权限。因为剧里的男主角今天刚巧过生日，大家订了生日蛋糕，想要给他一个惊喜。文懿没有拒绝。

厉昌麒很快将蛋糕送达，还在文懿家的花园一角布置了庆功的甜品台。

当迷你剧的男主角拍完最后一个镜头，导演领着众主创将准备的这份惊喜推到了他面前。有人递上鲜花礼盒，有人欢呼庆贺，夏日的花园里，这场杀青显得完满又美好。

摄影师嚷着大家集合拍照，文懿被拖着站在男女主角的身旁，对着镜头展开恰到好处的笑容。

紧接着，她越过镜头，看到了站在甜品区的厉昌麒。

他艳羡的目光比花园里的阳光还要刺眼。

文懿感觉有什么猛地刺进了她的心脏。

男生很快意识到文懿正在看他，惊慌地转过头去，重新摆弄起早已摆好的甜品来。

这边拍完合照后，有人开始品尝甜点，有人开始收拾东西，有人则在互相道别。

剧里的男女主角更是亲自上前来感谢文懿。他们用尽了所有甜言蜜语来表达自己能出演她写的剧有多么幸运，想要加她的私人联系方式，希望之后能够继续合作云云。

等她好不容易从他们身旁脱身，就看到厉昌麒已收拾完了甜品台的残局，正准备离开。

文懿心里一急，喊出了他的名字。

"厉昌麒！"

厉昌麒回过头，皱着眉，疑惑地看着她。

"我……"她跑过去，站在他面前，咽了咽口水，"我还有件事想请你帮忙。"

"什么？"

"我最近写了一个新剧本……但我不知道台词方面是不是符合你们年轻人现在的表达。想让你帮我读一读。"

这不是假话。毕竟她与他相差了六七岁。

但也不完全是真话，因为其中掺杂了文懿的私心。

而这头的厉昌麒看了看时间，大抵觉得应该不会耽误现在的工作，所以点了点头，同意了她的请求。

文懿领着他来到书房，抽出她还未公开过的新剧本，递到了他的手里。

她跟他解释这个剧本里男主角的性格和特点。直到这时她才惊觉，自己在写这部新剧时，不自觉地将自己感受到的厉昌麒的某些特质代入到了人物中。她感觉自己快要脸红了，便赶紧冲了一杯冰咖啡冷静冷静。

而此刻，厉昌麒坐在书房的沙发上，认真地翻阅着剧本。他应文懿的要求，将男主角的台词富有感情地一句一句朗读出来。他那略带沙哑的声音像金沙的粉末，矛盾地呈现出粗粝又柔软的优雅感，令人沉醉。文懿甚至觉得，他现在的台词功底比一些已经出名的演员更好。也许他没能红起来，真的只是机遇问题。

这样想着，她更坚定了自己心中的决定。

这时，第一集的剧本已经被厉昌麒念完。他发出诚恳的感叹："这剧本写得真好！"

大抵是因为身在此山中，厉昌麒没发现男主角与自己的相似之处，所以只是一个劲地在夸她的剧本。

"我不觉得台词不符合现在的年轻人的表达，至少我读下来十分流畅，而且有些句子写得很有意思。"

"真的吗？"

"真的啊。"厉昌麒撇撇嘴说，"我骗你干吗。"

文懿笑起来，故作轻描淡写地说："那如果我让你尝试出演这个剧本的男主角，你愿意吗？"

厉昌麒愣了一秒，猛地抬起头，诧异的目光如箭一般射向她。

"真的假的？"

"真的啊。"文懿用他刚刚说过的话回应他，"我骗你干吗。"

"文懿，你是疯了吗？又给我玩这一套？之前在周尼斯身上吃的亏都忘了？！"

当得知文懿卖出新剧本的条件是要让一个名不见经传的小演员出演男一号时，制片人琦姐气急败坏地给文懿打来电话表达自己的抗议。她搬出了文懿曾经的恋人周尼斯，企图让她清醒。

"你是不是又跟人家谈恋爱了？文懿啊，你在这个圈子已经很长时间了，难道还不懂他们这些人不入流的小心思？他们可不是真的想要与你恋爱，他们只想把你当跳板！"琦姐恨铁不成钢地骂她，"而且我做片子可不仅仅是要在你的剧本上花钱，你给我强塞这种演员，万一把整个项目给搞黄了怎么办？"

"可周尼斯不是红了吗？"文懿嘴硬地辩解道，"我看过厉昌麒的表演，虽然是有些青涩，但培养一下应该还是能胜任我新剧的角色的。而且我的男主角人设本来就是照着他来写的，我想不出谁能比他更合适。"

"文懿，你到底是真傻还是假傻？你有这么好的剧本，就算找个完全不会表演的人来演，我们都能把他捧红。"琦姐叹了一口气，道，"我怕的是你到时候会受伤。万一他又像周尼斯那个贱人一样……我真的会被气死。你我这么多年的交情，我不想看你再栽在这些唯利是图的小人身上！"

琦姐这样义愤填膺，令文懿很是感动，但……

"琦姐，我是有点喜欢厉昌麒，可我没有跟他谈恋爱。"

"没有跟他谈恋爱？那就是你们还在暧昧阶段？刚暧昧你就要帮人家要这么好的资源？我看你真的是失心疯了！"琦姐骂的每个字都像一颗铅球，强有力地朝文懿砸过来。

文懿扶了扶额头。

"其实我们之间好像连暧昧都没有吧。"文懿如实禀报，"而且我跟他是不可能的，因为他有女朋友了。"

"什么？他有女朋友？！"琦姐的音量再次拔高，害得文懿不得不远离手机。

"嗯。"文懿抿了抿嘴唇，"不过你不用担心，现在树立恋爱人设，反而有助于推广我们的剧。"

"我考虑的不是这个！我想说的是……"琦姐不可思议地问她，"文懿，你到底图什么？图他会因为你的慷慨抛弃女友，转投你的怀抱？还是你有什么把柄落在了他手里？抑或是你们之间有什么腌臜的交易？"

琦姐混迹这个圈子多年，凡事都做最坏的打算，想最坏的缘由。所以她会这么说，文懿并不感觉惊讶。她只是换上坚定的口吻回答她："琦姐，你所想的这些事全都不会发生。"

"那你到底图什么？"

对啊，她到底图什么呢？琦姐掷地有声的一连串问句搞得文懿也开始困惑于自己如此冲动的理由。

但她很快明白了自己心里的想法。因为她想起了厉昌麒在迷你剧片场的目光，那是求而不得、不可企及的目光。

她不图他会爱上她。

她只想让他梦想成真，心满意足。

[08]

文懿后来见过厉昌麒的女朋友。她是甜品店老板的小女儿，生着一张漂亮的瓜子脸，眼睛如同被春雨浇湿的湖面，澄澈又清明。她年纪比厉昌麒还小，所以打扮得过分甜美，也不用担心被人指摘。她说起话来也糯糯的，令听者感觉自己的耳朵在咀嚼一颗麻薯，能品出一丝心旷神怡的甜味。

纵使文懿起初暗自挑刺，最终也没能讨厌起她来。

每次探班，她都会亲自将甜品送到文懿面前，嘴甜地问候她辛苦，还时不时地道谢，说："文姐，谢谢你给昌麒这个机会。我相信他一定能超出你的预期，呈现出最好的表演，不负你写得这么棒的剧本！"

说这些话时，她脸上挂着明媚的笑，脸上的苹果肌饱满得让文懿心生羡慕。

文懿常常盯着这张脸暗叹，她好年轻，好漂亮，与厉昌麒好登对。

而在她分神之际，女生已经眼明手快地拦下了路过的制片人琦姐。

"琦姐，今天送的是我们的招牌甜品——芋圆冰沙，有空记得尝尝哦。"她将保温的礼盒递到琦姐面前。

琦姐露出夸张的笑，收下礼物，又嗔怪道："都是你，害我天天要跑健身房。"

不知何时，对厉昌麒一方保持高度警惕的琦姐也放下了架子，对他们呈现出一种既来之则安之的态度。

看来厉昌麒的演技得到了她的认可，他女友的殷勤也俘获了她难以捉摸的心。

　　"等等，我可没承认过这两点哦！"待厉昌麒的女友走后，琦姐舀着冰沙，坐在文懿身旁，撇着嘴道，"我可不管厉昌麒的演技如何。反正这部剧的收视率要是因为他搞砸了，他以后就休想在这个圈子里混！"

　　文懿知道她在说气话，于是笑着替厉昌麒担保："要是这部剧真的砸了，我就把编剧费全数退给你。"

　　"我缺你这点小钱？"琦姐翻了个白眼，肆无忌惮地骂她，"我只希望你以后不要再给我演这种痴情的、甘愿为别人奉献的戏码了，我看着都觉得做作。多大的人了，还像个小姑娘似的，稀里糊涂。"

　　文懿听着她骂，低头轻轻地笑，一句话也没有反驳。

　　好在琦姐担心的事最终没有发生，文懿写的新剧依旧获得了不俗的反响。厉昌麒作为男主角，自然也跟着获得了不少的关注度，片约和广告邀约也不请自来。

　　一切顺利得超出了所有人的预期。

　　片方因此举办了一场颇为豪气的庆功宴。

　　庆功宴上，厉昌麒举着酒杯来向文懿道谢。

　　"文姐，要不是你，我不会有今天。"他喝得大醉，话却一如既往地说得诚恳。

　　文懿盯着他的双眸，发现里面藏着一股意气风发的劲儿，如夏日的破晓，跃跃欲试地想要迸发出万丈光芒。

　　于是她感性地对他说："你不用谢我，这些都是你自己的功劳。"

她喝得也有点醉了，声音和四肢都软趴趴的。可是当厉昌麒要走的时候，她却突然猛地拉住了他的胳膊。

厉昌麒困惑地转过头，正对上她迷离的眼："文姐，还有什么事吗？"

文懿借着酒劲，自嘲地笑了笑，然后像是鼓起勇气似的说道："以后别再'文姐''文姐'地叫我了，我有那么老吗？"

她几乎是在骂他，但他听不出来。

他只是说"好"，然后尝试叫她的全名："文懿。"

"嗯。"她回应他。

"谢谢你。"他再次郑重地道谢。

"不客气。"文懿勾了一下嘴角，举起酒杯说，"我也谢谢你。"

〔09〕

庆功宴上，大家都喝得太醉，吹过什么牛，说过什么话，第二天全不记得了。就连文懿也想不起来，那天晚上自己到底跟厉昌麒说了些什么。

厉昌麒更是忘了文懿曾表达出的不满，依旧"文姐""文姐"地叫她。

文懿总是习惯性地应和。渐渐地，两个人的关系也就真的越来越像姐弟了。

一年后，文懿收到了这位弟弟的暖房派对邀请。

他和女朋友刚刚搬进了四季之境二期的房子。

彼时，城市里是飘雪的冬季，而厉昌麒家却是气候宜人的秋天。

因为他的女朋友喜欢秋高气爽的时节，喜欢回归自然的田园风光。为了讨她的欢心，厉昌麒在花园里种上了枫树，还在花园一角开辟了一块小小的稻田。

文懿前来拜访时，看到一个机器人正在吭哧吭哧地捡着地上的稻梗，努力编织一个稻草人。而厉昌麒正和朋友在泳池改造的虚拟池塘边进行钓鱼比赛。

"几个大男人，竟会玩这种游戏玩得不亦乐乎，真是奇怪。"厉昌麒的女朋友上来迎接文懿，同她一起望向池塘的方向，不可思议地说道。

"由他们去吧。"文懿一边无可奈何地摇头一边笑着挽起女孩的手，转移了话题，"你带我参观一下你们的新家呗。"

"没问题，文姐。"女孩甜甜地笑着，语气里是抑制不住的小自豪。

文懿看着她年轻的脸庞，替她高兴，也替厉昌麒高兴。

一年前，厉昌麒还是个失意的小演员，离开演艺圈被迫去甜品店打工。可如今，他已是赫赫有名的人气演员，有足够的资本搬进这样昂贵的小区，陪着心爱的人，将时间定格在喜欢的季节。

之后，他应该会拥有更美好的未来吧。

在走进别墅参观前，文懿回头望了一眼花园池塘边正因钓到一条虚拟的大鱼而欢呼雀跃的男孩。他脸上的笑，衬得花园里的秋景都黯然失色。

那一刻，文懿真心为自己能帮上他的忙而感到欣慰。

她衷心地祝愿他，年年有今日，岁岁有今朝。在今后的日子里，依旧能梦想成真，依旧心满意足。

chapter 9

第九章

一

我们一起去太空跳伞

她无法抵达的未来，

他会替她到达，

直到他们在未来，

再相遇。

[01]

"蒋先生您好，我是蓝象科技太空跳伞项目的负责人，Joe。我们很遗憾地通知您，您的跳伞申请没有通过我们的审核。"

"为什么？我的身体健康检测、体能测试结果都是合格的啊！"

"是这样的，蒋先生，您是没有通过我们的意识检测。"

"什么？还有这个检测项目？"

"您可以翻一下我们签的合同，的确是有这个项目的。它是为了预知旅行者脑中的危险想法而存在的。"

"……"

"蒋先生，我们已经知道您申请太空跳伞项目并不是单纯地为了体验这项运动。我们对此感到十分震惊，并遗憾地决定，将限制您一年内再次申请的权利。与此同时，我们希望您能接受心理危机咨询，调整好心态，积极地生活，希望以后我们能继续为您服务……"

Joe还在说着官方的说辞，蒋煦却已经烦躁地摘下了VR眼镜，退出了云上百货"蓝象·太空跳伞"咨询店。

他抓起桌上的酒杯，往嘴里灌了一口酒，然后失神地瘫坐在椅子上。

蒋煦当然知道，为了防止危险发生，现在商用的太空旅行项目，顾客都要经过意识检测。可他仍抱有侥幸心理，以为只要自己控制住不去想那件事，就可以逃过这一关。没想到蓝象的意识检测系统如此灵敏……不，或许正是因为他极力控制自己不去想那件事，反而暴露了。

蒋煦的思绪被酒精裹挟，开始涣散。他脑海里浮现出那个计划的全过程……

他会乘坐火箭，抵达四万多米的高空，看到宇宙的模样。然后他会在工作人员的指挥下离开船舱，飘入太空，欣赏一下广袤的黑暗与无尽的星光。接着，在跳伞的时刻来临前，他将用舌头顶出嘴里的一颗假牙，并咬碎它。那里面的毒药会带他去往更未知的远方……

在太空里自杀，是挺浪漫的一件事吧。

他一边喝酒一边畅想。

"什么？在太空……自杀？蒋煦，你看你现在事业有成，身体健康，怎么还会有这么危险的念头？"

坐在他面前的男人诧异地发问，蒋煦只觉得头疼。

"我今天来这里，是想问你，你能不能帮我暂时隐藏这个念头，让我通过意识检测？"

"蒋煦，事情都已经过去那么久了，你也应该放下了。"男人根本没有理会他的提问，自顾自地说道。

蒋煦有些生气，提高了音量："我就问你，你能不能帮我？"

男人叹了口气，继续劝他："如果你真的忘不了她，我可以帮你清除记忆。"

"焦方玺，我没想到今天会在这里碰见你。我们曾经是好友，但现在你是海马回诊所的负责人，而我是顾客。我只想问，我能不能在你这里得到我想要的服务！"蒋煦一巴掌拍在桌子上。

焦方玺却一动不动地看着他，说："我们的技术的确可以达成你的要求，但我不可能帮你这么做。"

"如果我出十倍的价格呢？你就不能看在老友的面子上帮个忙吗？"

焦方玺十分坚决地摇头，说："蒋煦，无论你提出什么条件，我都不会答应你。我不干违法的事。"

"那好，我去找别家就是了。"蒋煦腾地站起来。

焦方玺也跟着站起来，说："你知道的，除了我们，没人能做这种手术。不然你也不会走投无路来到蓝象科技旗下的诊所，企图用蓝象的技术，通过蓝象的意识检测。"

他一针见血，令蒋煦越发恼怒，转身就要走。

"蒋煦，该忘的事就忘了吧，没人想发生那样的事……那不是你的错。"焦方玺又道。

蒋煦自嘲地笑了笑。

他一度以为自己已经选择了遗忘。可事实上他并没有遗忘她，也并不想将她遗忘。

这样想着，蒋煦不自觉地摇了摇头。然后他又听到焦方玺问："我们十几年没见了，之后能约你一起吃个饭吗？"

蒋煦知道，焦方玺是因为担心他会干傻事，所以才向他发出了善意的邀请。

他不希望自己成为他的压力，于是说："放心，在上太空前，我是不会死的。"

说完，他打开门，疾步离开了诊所。

回去的路上，他脑海里满是焦方玺的劝说。这位善良的老友，小心翼翼地不敢提起"她"的名字。其实他大可不必如此。

程愿。这两个字在蒋煦心里，早已不可磨灭。

蒋煦默念着她的名字，将目光投向车窗外的天空。由蔚蓝组成的苍穹，与儿时看到的如出一辙。

【02】

那是太空旅行还未向大众普及的年代。

蒋煦与程愿结伴长大。

当时年纪尚小的蒋煦比同龄人发育得要慢一些，思维也时常跟不上大家的节奏，显得鲁钝又笨拙，所以没什么人愿意同他一起玩。程愿则与他刚好相反，她个子高挑，聪明果敢，成绩优异，是让人无法忽视的存在。然而也许是她太过特别，让大家不敢轻易靠近，所以到最后，她与蒋煦有点"同病相怜"的感觉。

蒋煦后知后觉发现了这一点，于是鼓起勇气，厚脸皮地向她发出了请求，希望能跟她成为朋友。

女生眨巴了一下眼睛，说："哦，行吧。"她的语气清淡，像清晨的薄雾。

蒋煦就这么挤进了程愿的人生，成了她身后的小小跟班。

他很快发现，与自己害怕孤独不同，程愿并不觉得孑然一身有什么不好。她无所谓别人的目光，总是我行我素。

在孩子们都抱着手机玩手游、看剧时，她可能会出现在废弃的工厂，上演一场脑海中的冒险；她也可能会乘坐两个小时的公交车，去郊区的田野里捕捉一只青蛙；又或是坐在老旧的图书馆里，阅读关于玛雅文明的图书……

蒋煦猜不透她的想法，却总是心甘情愿地跟在她身后，出现在废弃工厂、郊区田野、老旧图书馆……

他依样画葫芦地学她，没什么别的理由，只因为她是自己唯一的朋友。

甚至连她的痛苦他也要体验。有一次，蒋煦害程愿不小心踢到桌脚，痛得她直流眼泪。他便跟着将自己的脚踢向桌脚，也给自己引来一阵疼痛。

程愿诧异地看着他，又骂他："你是不是傻？"

他憨憨地笑着说："好朋友不就是有难同当嘛。"

女生翻了个白眼，嘴角却止不住往上勾起。那是他们此生最好的时光。

后来，蒋煦问程愿："你为什么总喜欢干些大家都不会干的事？"

程愿一本正经地说道："其实我是在寻找自己的理想。"

理想对于当时的蒋煦来说，是两个认识、组合起来却觉得深奥的字。但他为了不在程愿面前显得自己愚笨，仍故作了然地点点头。

程愿戳穿他说："其实你根本不懂什么叫理想吧。"

他害羞了，脸微微泛红。

程愿笑道："理想就是自己真正想做的事。"

"哦。"蒋煦点头，又问，"那你找到自己的理想了吗？"

程愿摇头，说："没有。但我希望很快就能找到。"

蒋煦说："好，我陪你一起找。"他说得轻松，仿佛不过是寻找一个丢在角落里的玩具。

时光很快将他们这段天真的对话覆盖。白驹过隙，生命又被删去两年，蒋煦和程愿上了同一所初中。

有一天，程愿兴奋地找到蒋煦，说有好东西给他看。蒋煦满怀期待地到了天台，发现她带来的不过是一则新闻——

"2012年10月15日，奥地利人菲利克斯·鲍姆加特纳乘坐氦气球，抵达三万九千米高空，在臭氧层与太空的边缘纵身一跃，用四分二十二秒完成着陆。后来，谷歌副总裁也曾成功挑战这项极限运动。"

"嗯……然后呢？"蒋煦不明所以地问。

"你不觉得太空跳伞很酷吗？"程愿兴冲冲地道，"我们以后一起去太空跳伞好不好？"

蒋煦懵懵懂懂地点头。只要跟她在一起，他怎么都可以。

但是……

"我们跳不起吧？要花很多钱的。"他们只是家庭经济条件普通的小孩，哪会有这种机会？

"说不定以后这种跳伞活动会跟普通的跳伞项目一样便宜呢！"

"啊？那要等多久啊？到时候我们还活着吗？"

纵使现代科技发达，但对于普通人来说，太空跳伞简直是天方夜谭。于是两个小孩陷入沉默之中。

"就算不能跳伞，我也想去太空看看。"程愿沉思了一会儿，说，"我想亲眼看看宇宙。"

"那只能去当宇航员了。"蒋煦扯着指甲边的倒刺，心不在焉地说。

程愿却眼睛一亮，激动道："哎，对哦。我去当宇航员就好了。"

"哈？你在开什么玩笑？"蒋煦不小心拔掉了倒刺，倒吸了一口凉气。

〔03〕

"你知道的，我们小时候，已经没有什么人会在'我的梦想是成为××'的作文里写自己的梦想是成为宇航员了，大家早就被各种网络资讯搞得特别务实。'我要加入女团，当偶像''我要成为上市公司总裁''我要变成网红主播'……'我要成为宇航员'？读出来都会被身边的同学笑话！但程愿就是这么轻而易举地给自己定下一个看似不切实际的目标。"

屋里的灯太亮了，蒋煦将它调暗了一点。这样更适合老友喝酒的氛围。

彼时，坐在他身边的人是焦方玺。自从上次见面过后，他就开始担心蒋煦的安危，于是不请自来，想要开导一下这位老友。

蒋煦知道他的心意，犹豫片刻，终是没将他拒之门外。

其实他很少同意别人来自己家拜访。因为这些年，他认识的都是生意上的伙伴，一个个都把利益看得太重，没有谁是真的把他当朋友。所以他不想让自己的私人领域被这些人踏足。

但焦方玺不一样。他不是为了任何利益来维持他们的关系的，他只是单纯地担心许久未见的老友的近况，才主动上门。蒋煦没有理由不给他面子，于是给他开了门，又给他倒酒，与他叙旧。

酒过三巡，蒋煦控制不住地跟他聊起程愿，聊起他们纯真的学生时代。

焦方玺一边听他絮絮叨叨一边应和着"然后呢"，听蒋煦继续说下去。

"然后啊，程愿就真的开始向成为一名宇航员努力。她知道，当过飞行员的人容易被选上，于是决定先成为飞行员。她锻炼身体，刻苦学习，甚至还省吃俭用去参加野外求生训练和浮潜。"

"那你呢？"

"我？"蒋煦笑道，"现在说起来还有点不可思议，但当时我不知道是被她的那份追求理想的劲感染，还是习惯了什么都要学她，竟也傻乎乎地跟着她刻苦努力起来。后来，她拉着我一起去报考飞行员，我也没有拒绝。结果意外发生了，她没考上，我反倒被录取了。"

蒋煦永远记得程愿得知自己落选那天的事，因为那是程愿第一次在他面前落泪。

她哭得太伤心了，令他手足无措。

但很快程愿就调整好自己的心态，把眼泪一擦，拍了拍他的肩膀。

"你要好好训练，然后去申请成为宇航员。"

"那你呢？"他问。

"我会从别的渠道'曲线救国'加入的，放心！"她信誓旦旦地说着，脸上扯出一个勉强的笑来。

这让蒋煦很是担忧。

她真的还有机会吗？

一想到之后的日子程愿将不再出现在自己的生活里，他就想打退堂鼓。可为了完成她的理想，他还是硬着头皮开始了飞行员的训练。更何况飞行员也不是他想当就当，想退就能退的。

"那后来呢？"焦方玺听到这里，适时地追问道。

蒋煦喝了一口酒，又继续回忆。

"在部队训练时，我鲜少能与外界联系，所以跟程愿也越走越远。我想，我们都已经长大了，是时候务实一点了。我甚至早早地开始思考，退伍后要做什么工作。结果退伍后，我收到了程愿给我发来的航天局选拔宇航员的消息。我那时很惊讶，她居然还惦记着这件事。恰好我找工作遇到了点问题，心里想着那就去试试吧，于是提交了申请。"他看了一眼焦方玺，"后来的事，你也知道了。"

焦方玺点了点头。他在创立自己的诊所以前，曾是航天局的技术人员，和蒋煦同一期加入的航天局，因一次户外团建时失足落水被蒋煦所救，两个人成了朋友。

他知道，蒋煦是当年考试成绩第一的参选者，所有人都猜测他会在下次任务时飞往太空。

可尽管他条件优异，也需要完成十四个月以上的训练。

在蒋煦训练到第六个月时，航天局额外增加了几个预备宇航员的人选。

程愿就是在这时加入航天局的。

那天焦方玺来找蒋煦，说是局里选了几个女生加入宇航员预备队，个顶个都是高颜值，硬是要拉着他去看。

蒋煦兴致缺缺，却拗不过他，只好跟着去看她们的入营仪式。

结果刚到现场，就见众人已经解散了。

这时，有一个短发女生，穿着笔挺的制服，踩着阳光朝他们走来。

焦方玺轻声惊呼："哇，她好帅。"

而蒋煦惊讶地微张嘴巴，愣在原地久久不能动弹。

程愿不疾不徐地走到他面前，对着他笑道："蒋煦，我回来了。"

她说的是"我回来了"，而不是"我来了"，就好像她本来就应该待在这里似的。

蒋煦感受到一股熟悉的自信。那一瞬间，他感觉过往的美好时光全回来了。

"程愿！"他叫着她的名字，激动地抱起她。

一旁的焦方玺眉头紧蹙，满头问号。

"我当时感觉自己就是个电灯泡，尴尬地在太阳底下发着光。"时过境迁，焦方玺笑着谈起这件事。

蒋煦摇晃着酒杯，也勾了勾嘴角。

他多想再听她说一句"我回来了"。

【04】

蒋煦曾救过焦方玺一命，如今，焦方玺也想救蒋煦一命。当他得知蒋煦有轻生的念头后，经常主动来找蒋煦叙旧。然而这次却是蒋煦主动来找他。

焦方玺以为这是蒋煦心态变好的表现，谁知他又把话题绕回了他们重逢时。

"你真的不能帮我暂时隐藏意识吗？算我求你了。"

焦方玺大惊失色，嚷道："蒋煦，你怎么还没打消这个念头？！"

蒋煦大口大口地往嘴里灌酒，说："那本就是我的结局，不是吗？"

焦方玺无奈地叹了一口气。他不明白，蒋煦都熬了这么多年了，为什么今年忽然就怎么也无法走出来。

隔了一会儿，他又想起，过几天就是程愿的忌日。

大概每到这样特殊的日子，他面前的这位老友就会感到痛不欲生吧。

焦方玺沉默地看着面前喝醉酒的蒋煦。

此刻，蒋煦正瘫坐在落地窗前，眺望着远方的星空。他的目光里藏着过往的影子。

时间倒转回他们还在航天局工作的日子。

蒋煦和程愿重逢，彼此成了同事，经常能够打照面。但有些事与儿时不同了，曾经那个总是跟在程愿身后的蒋煦变成了前辈，成为被跟随的对象。

程愿刚进入航天局的时候，总是拿着一个小本子跟在蒋煦身边，听他讲解关于训练的事宜。蒋煦也总是倾囊相授，把自己学到的一切都教给她。

他知道，程愿不像自己之前就受过体能训练，高中毕业后她选了工程专业，现在也是以工程师的身份申请加入备选宇航员的阵营的。他很担心她的体格能否通过之后艰苦的训练，尤其是离心机训练。所以他很早就开始教她，如何在离心机里找到令自己舒适的姿势，如何借助胃进行吞咽、呼吸、对抗超重……

程愿学得十分认真，却依旧被训练折腾得头晕目眩，不停地呕吐。但她从未想过退缩，下一次依旧自告奋勇，第一个上机。

领导因此对她印象深刻，也很器重她，有时会多给她一次上机的机会。几次三番下来，程愿便也适应了超重的状态。

蒋煦很惊讶她的学习速度。因为没过多久，她就开始与他上同样的课程了。

他们开始一起进行失重训练、医学训练、野外求生训练，一起学习太空行走、IT知识以及各种语言……

两年后，他们成了航天局新一次太空任务的候选人。同他们一起候选的还有三位同事，但上太空的名额却只有两个。

蒋煦和程愿私下约定，他们一定要拿下这两个名额，一起亲眼去看看宇宙。

然而事与愿违，他们的畅想很快破灭了。

这一次，依旧只有蒋煦被选上了。同他一起选上的，还有局里的另一位男宇航员。

在宣布这一结果的时候，蒋煦看到程愿脸上闪过明显的失落。可是在领导面前，她只能面带微笑，礼貌地鼓掌，并祝贺他们。

那天晚上，蒋煦犹豫了很久，还是决定去安慰一下程愿。尽管他也不知道她愿不愿接受安慰。

后来，程愿用紧闭的大门告诉了蒋煦答案。

蒋煦不死心地敲门，又安慰她："别灰心，我们下次还有机会。"

程愿沉默良久，才打开了一条门缝。她无奈地笑了笑，说："蒋煦，你知道吗？我最后测试的成绩是我们五个人里最高的，可为什么我依旧无法入选？我想了很久，只有一个原因——我是女生。"

"可之前领导不是也很器重你吗？"

"因为那是在训练！他们可以以此向来报道的媒体展示'我们这里男女平等'。可到最后真的要上太空时，他们还是觉得得让男生上才行！"

蒋煦想说些什么，可话到喉头，哽住了。

而程愿则迅速关上了房门。

那几天，蒋煦每晚都失眠。因为他通过焦方玺的关系查到了自己最后的测试成绩，他排在第三名。是他夺走了程愿的机会！

蒋煦思索许久，决定把这件错位的事给扭正。

在任务开始的前两天，他想方设法让自己患上了重感冒。

此事简直气坏了所有领导。其中最器重他的领导紧张地跑来探望他，问他到底是怎么一回事。

蒋煦发着烧，虚弱地躺在床上，说："可能是由于太过激动，这几天没睡好导致的。"

"你的心理状态之前不是一直都很好吗？"

"毕竟第一次上太空，难免有点紧张和担心。"

领导气急败坏地骂他："你小子，净给我添乱！"

蒋煦说："我们不是还有预备队员吗？"

领导问："你说，谁能顶替你？"

"程愿吧。"他回答。

领导伸出食指用力地指着他，大发雷霆道："我就知道，我就知道，你是故意的！"

蒋煦见自己的小伎俩被识破，只好坦诚道："领导，程愿的测试成绩比我高，她顶上最合适，也最能服众。你们不能因为她是女生就不信任她。"

"我们的决定还轮不到你来指手画脚！等这次任务结束，你等着接受局里的调查吧！"

他一脚踢开蒋煦的房门，怒火中烧地走了。

蒋煦倒不担心自己真的会被调查，他担心的是领导们最后仍会把上太空的机会留给别的男生。

不过后来听说那位器重蒋煦的领导在局里的会议上替程愿据理力争，最终决定把这个上太空的名额给了程愿。

程愿如愿以偿，亲眼看到了无垠的宇宙。可她却再也没有回来。

〔05〕

那是令所有人都感到非常意外的突发事件。

当时，程愿按照计划，出舱进行太空行走，并准备确认节点舱外的几个重要零件是否完好无损。

她的每一个步骤都是准确无误的，结果就在她靠近节点舱的时候，一个猛烈的震动打断了她原本的计划。不知火箭里的哪个设备出现了故障，导致程愿整个人被甩了出去。

她的身子砸到节点舱舱体，被猛地弹了回来。混乱之中，她的宇航服连接在气闸舱设备上的电脑带直接断开了。

航天局里，监控这一切的工作人员都没反应过来电脑带到底是被割断的还是被扯断的，程愿就已经飘离了活动区域。

同行的宇航员企图出舱救援，却被警告制止。因为大家很快发现，她已经飘离了他们可控的范围。

整个航天局乱作一团。

"呼叫程愿！呼叫程愿！"总指挥惊慌失措，企图联络到她。

但程愿的通信系统已经被完全切断，众人只听到电流声。

程愿就这么飘进了宇宙无尽的黑暗中……没人知道她经过刚才那猛烈的撞击后是否还活着，但所有人都知道，她这次注定无法返航了。

那是太空航行必须严格遵守规划好的路线行进的年代，他们无法上演电影里出现的救援，只能眼睁睁地看着悲剧发生。

蒋煦得知这个消息后，冲到了控制中心。他激动地叫嚷着，让大家想办法救救程愿。

原本嘈杂的控制中心立刻陷入了死寂。

他们无能为力。

面对广阔的宇宙，他们什么办法也没有。

那一刻，蒋煦觉得，现实远比电影更加荒诞。

"为什么？我们的科技不是已经很发达了吗？为什么连一个人都救不回来？！"他声嘶力竭地控诉。

可是没人能给他答案。

那一天，蒋煦坐在控制中心里，一遍又一遍地呼叫程愿。可最终，他等来的只是一串串忙音。

也不知过了多久，焦方玺才走过来，难过地阻止他说："蒋煦，请节哀。"

因为据他们推算，就算程愿没被那次撞击撞死，宇航服里的氧气到此时也已经消耗殆尽了。

蒋煦不停地摇头，不敢相信这件事。很久以后，他才虚脱地被人背回了宿舍。

从此，程愿的意外变成了他的梦魇。就算离开了航天局开始创业做生意，蒋煦仍时常会想起这恐怖的一天。

每当抬头看天，他就会想到，在浩渺的宇宙里，程愿还在无止境地飘浮——毕竟，以当年的技术，是无法将她的遗体快速回收的。

他总在脑海里想象，当程愿发现自己脱离了活动区域，无法跟控制中心取得联络时，内心会有多么恐惧。

他万分后悔，自己擅作主张，把执行任务的机会让给了她。

"那个死去的人应该是我才对。"

这个念头折磨了他十几年。

直到今年年初，他接到了航天局的电话。

"什么？他们回收了程愿的遗体？"焦方玺惊讶地嚷道。

蒋煦点了点头。

"程愿的意外对航天局来说也是一块心病。在航天技术越发发达的如今，他们通过太空机器人寻回了程愿。"

"所以，你去见了程愿？"

"没有。"蒋煦失神地摇了摇头，"他们只是通知我这件事罢了，并不允许我去见她。根据我们宇航员所签的协议，她的遗体将会被航天局保存，有必要的话会进行解剖研究。他们说，如果之后有更多消息会联系我。但……她明明应该有更久远的人生，而不是躺在冰柜里，等待着被验尸官和科学家审视啊。"

蒋煦说到这里，哽咽得无法再继续说下去。

焦方玺知道，这件事如同压垮骆驼的最后一根稻草，压垮了他，让十几年的愧疚张牙舞爪地吞噬了他。

焦方玺一时间不知如何再去安慰。

〔06〕

意外发生一个月后，航天局特批了一块墓地给程愿。虽然她的尸骨并未被安葬于此，但亲朋好友仍会定期来悼念。

今年程愿的忌日，蒋煦和焦方玺一起来看她。

他们放下鲜花，久久地凝视墓碑上她的照片。那是她刚加入宇航局时拍的证件照。她对着镜头露出恰到好处的笑，像一朵花落在泛起涟漪的湖面，宁静而美好。

"我们老了，但她还很年轻。"蒋煦弯下身，擦去墓碑上的灰尘，低声对焦方玺说，"你知道吗？这些年，我一直抱有可笑的幻想。我幻想程愿会被外星人拯救，或是找到了新的星球入住……这种小孩子般的想象很幼稚吧？可我没有办法啊！我只能这么想，让自己好过一些。然而现在，我不得不面对现实……面对她已经离去的现实。"

说到最后，焦方玺都分不清他是在对他说话，还是在自言自语。他觉得眼前的场景太过凄凉，于是不忍地撇过头去。

那天，他们在墓园待了一个小时。离开时，蒋煦的神色哀戚，焦方玺犹豫良久，才决定把带来的东西给他。

那是一张记录卡，用手机扫描记录卡，就可以提取里面的内容。

"所以，这里面是什么？"蒋煦捏着记录卡，反复打量，问道。

焦方玺舔了舔嘴唇，说："是程愿宇航服里的录音。"

蒋煦惊诧地抬起头来，不敢相信地看着焦方玺。

焦方玺微微点头，说："我虽然离开航天局很久了，但人脉还是在的。我觉得你可能会想听一听她最后的留言，于是托人复制了一份。"

"你听过里面的具体内容？"

"没……没有。"焦方玺咳嗽了两声，说，"如果你不想听的话，就丢掉它吧。"

蒋煦没有再回话。他犹豫了一下，终是把记录卡放进了口袋里。

当天晚上，蒋煦将自己再次灌醉后，才鼓起勇气扫描了这张记录卡。

然后，他听到程愿的声音穿越时间，抵达他的耳膜。

他以为自己会听到她的惶恐和害怕，但是没有，她的声音里有一种面对死亡的豁达。

"啊，飘在宇宙里看太阳，原来是这种感觉，跟看图像还是很不一样啊。"她呢喃着，"在太空里静静地等待死亡，还挺浪漫、挺悲壮的呢。你说是吧，蒋煦？"

蒋煦再次听到她叫自己的名字，眼泪无法控制地流下来。

他痛苦地蜷在地板上，身体如同经历陨石撞击，剧烈地颤抖起来。

程愿的声音还在屋里飘荡，将他一次次拽入无尽的回忆里……

得到程愿的录音后不久，蒋煦又申请了一次蓝象科技的太空跳伞项目，并顺利通过了意识检测。

焦方玺得知这个消息后，大惊失色地打来电话，问他："你到底找谁做了意识隐藏？！他们这是犯法的！"

蒋煦听到他声音这么焦急，笑着说："别担心，我没有隐藏意识，也没有什么暗箱操作。因为这一次，我不是去寻死的。我只是去单纯地跳个伞罢了。"

焦方玺哪会相信他说的话，他动用自己的关系向蓝象科技确认，蒋煦的意识检测是否有存疑的部分。

即使最后得到了"否"的答案，他也无法完全放下心来。

在蒋煦进行太空跳伞之前，他委托负责太空跳伞项目的友人，严格把关蒋煦从地面到太空的所有流程，以防他出什么意外。

蒋煦感到暖心又无奈，只能配合检查。好在最后他还是顺利抵达了数万米的高空，在宇宙里看到了地球的模样。

【07】

如今的太空旅行，并不像十几年前，需要人忍受各种失重与超重。它变得便捷而舒适，跟平时坐飞机没什么两样。蒋煦甚至在进行跳伞之前，还吃了一些甜点补充能量。

他调整好自己的状态，穿上蓝象特制的宇航服后，走到了舱门前。

"蒋先生，您准备好了吗？"宇航服的头盔里响起了Joe的声音。

"准备好了。"蒋煦笃定地说道。

"祝您有一次愉快的飞行。"Joe说完，蒋煦面前的舱门旋即打开。

蒋煦本能地踌躇了两秒，然后轻轻一跃，飞入黑暗之中。

这次的跳伞项目有十分钟的时间，让顾客享受腾空飘在宇宙中欣赏宇宙美景的体验。

蒋煦舒展身躯，任由自己被宇宙的"浮力"带着飞行。

他的身上没有电脑带做连接控制，但他不会像程愿那样失控地飘远。因为身上的宇航服有无数个动力系统，能全自动地控制他飘浮的速度与方向。

这令他感到遗憾。如果那次太空任务放在现在，程愿的悲剧也不会发生……

蒋煦这样想着的时候，他的宇航服缓缓掉转了方向。远处的太阳映入他的眼帘。

这颗巨大的恒星已经闪耀了四十六亿年，它的宏伟与绚烂令蒋煦差点忘记了呼吸。正如程愿所说，在宇宙里看太阳的感觉与影像上看的完全不一样。那是一种"此生因此足矣"的震撼感。

然后他想起了程愿的留言，那段他反复聆听的留言。

"蒋煦，我的通信被切断了，这段录音，我也不知道你是否有机会听到。我想，你现在应该很内疚吧。以前害我踢到桌脚的时候，你可是内疚到要让自己也尝尝苦头的。我可不允许你现在还这么憨傻……"录音里，程愿努力地笑了两声，才继续说道，"其实真的没关系的，人终有一死嘛。死在自己的理想上，我觉得也挺值的。而且我已经看过这宏伟的宇宙了，并不觉得特别遗憾。所以，请你不要为我难过……"

思绪在这时被打断，Joe的声音在头盔里再次响起。

"蒋先生，您即将抵达我们跳伞的位置。"

蒋煦回过神来，知道自己的宇宙飘浮体验结束了，身上的宇航服将带他到达蓝象科技定位好的位置。于是他回应道："好的，我准备好了。"

"嗯！我们已经抵达北纬28.3度，东经121.2度。十秒钟倒数后，宇航服会带您降落。您无须任何操作，我们会帮您安全抵达陆地。"Joe顿了顿，"现在倒计时开始，10，9，8，7，6……"

蒋煦深吸一口气，感觉自己的身体悬在了某个定点上，脚被动力系统抬起，头朝着地球的方向。

"5，4，3，2，1！"

他感觉到背后有一股冲力，将他推向了底下湛蓝的星球。

然后，地球的引力发挥巨大的作用，带着他一路坠落。

特制的宇航服抵御了剧烈摩擦带来的剧痛，也隔绝了周身汹涌澎湃的噪音。蒋煦觉得自己是一只向下俯冲的飞鸟，在一片寂静的空中快速飞翔。

在这独属于他的安静中，程愿的声音又开始在他耳边响起。

那是她的录音中末尾的言语。

她沉默许久，最终断断续续地说："蒋煦，其实我很想回去……如果地球的引力能带我不断下降就好了，可是我现在离地球越来越远了……我在局里听说，很多商家都想要开发太空跳伞项目……你还记得我们小时候的约定吗？我们说要一起去太空跳伞的，可是我无法体验到了……你一定要好好活下去，替我完成这件事好吗？"

当然好了。现在我就是在完成这个约定。

蒋煦快速地飞行，穿过层层叠叠的白云，望见了广袤的河山。他张开手臂，感受风从身旁掠过的助力。

然后，他在这梦幻的降落体验里感觉到有人抓紧了自己的手。他在空中转过头，就看到了程愿。

她还是年轻时的模样，明眸皓齿，英气逼人。

"我回来了。"他仿佛听到了她的声音。

那一刻，蒋煦突然觉得很安心，他紧紧回握住她的手。

他们如两只结伴的飞鸟，一起飞行，一起降落。

"砰！"

降落伞突然在蒋煦身后快速打开。一瞬间，风将他猛地往上提拉，令他惊醒过来。

空空荡荡的手，空空荡荡的天空，并没有程愿的身影。

蒋煦感觉有一滴眼泪滴落到头盔的面罩上。但不知为何，他感觉自己的心不像曾经那般空荡了，反而充盈着一丝慰藉。

然后，他就在这种奇妙的感触里缓缓降落，直至双脚触及地面。

〔08〕

蒋煦成功降落后，发现焦方玺一直守在预定的场地等着他归来。

于是他朝焦方玺挥手，看他向着自己飞奔而来。

其实蒋煦一直对程愿录音的真实性有所怀疑。他不觉得焦方玺离开航天局这么多年，还有人脉可以调出这么机密的内容，并复制给自己。也许他手头的这份录音是焦方玺结合程愿之前留下的语音合成的。

但他不愿去追问真相。

他不能辜负了老友的一番好意，同时他也知道，自己是需要这份慰藉的。

毕竟，万一这真是程愿的遗愿呢？

正想着，焦方玺已经冲了过来，揽过了他的肩膀。

"厉害啊，兄弟。"焦方玺夸张地叫嚷道。

蒋煦终于忍不住笑了。

他们都已经是四十好几的人了，但这一刻，他们仍像少年一样，勾着肩，搭着背，站在翠绿的草地上，抬头望向天空。

蔚蓝色的无垠苍穹，美得令人心旷神怡。

蒋煦望着这片蓝，默默地想，除了太空跳伞，程愿应该还有很多事想做吧？

他决定，她无法抵达的未来，他会替她到达，直到他们在未来，再相遇。

Chapter 10

第 十 章

一

蓝 色 的 象

当你想象一只蓝色的大象时，

我们已经让它诞生。

〖01〗

再遇见她是很多年以后的事了。他去一家小型科技公司谈收购，临走的时候在办公楼的大厅看到她逆着光站在门口，似乎在等人。

于是他故意放慢脚步，佯装跟前来送他的科技公司老板聊天，余光却忍不住瞟向她。

时隔多年，她留长了头发，长胖了一些，整个人看上去温润而健康。这令他感到宽慰。

然后，他看到有个西装笔挺的男人笑着跑下来，问她："等很久了吧？"

她跟着笑，笑得比落进大厅玻璃墙的夕阳还美。

"没有等很久。"说着，她自然而然地挽住男人的手臂，就像曾经亲昵地挽住他的手臂一样。

他的心猛地一揪，好似揪出了血，开始隐隐作痛。

没人注意到他脸上闪过的异样表情，众人只是阿谀奉承地簇拥着他从大厅经过。浩浩荡荡的一群人，引来她和她男友的注目。

"谁啊？"男友好奇地探头。

"不知道。"她如此回答。

近几年，昌璟泽行事低调，不被常人认得也是情理之中的事。但早年间，他那张棱角分明的脸庞时常出现在各大科技媒体的头版头条。

只因为，当时年纪尚轻的他，刚被他的父亲推上了蓝象科技CEO的位子。

虽然是新任CEO，但昌璟泽并没有什么实权，所有的决定依旧由他的父亲拍板。昌璟泽最重要的工作就是充当公司品牌的门面，出现在各种公开宣传的场合，向世界传达蓝象是一家极具年轻化的科技公司。

人们容易由"年轻"联想到"创新"，这很符合蓝象引领潮流科技的理念。

但其实昌璟泽的父亲还有两个早早退位的理由。

他担心自己逐渐老去的身体有一天会突然宕机，公司若无人接管，势必会陷入混乱的权力斗争中。他要在自己仍握有实权时，力推儿子守住最高领导者的位子。

同时他知道，不管是圈内同行还是普通用户，都会对昌璟泽的上任保持高度关注。有人期待他带来变革，有人等待他遭遇滑铁卢……无论是出于何种目的的关注，都会让蓝象科技获得巨大的收益。毕竟在这个时代，好的产品搭配好的营销，才能在众多同质化的品牌里突出重围。

昌璟泽未尝不知道父亲心里的算盘。

所以他努力配合表演，在众人的注目下展现出运筹帷幄、年少有为的形象。

可他知道，自己真实的能力与这样的形象，有着天差地别。

人越心虚，就越想要证明自己。很快，昌璟泽就冒出了独领一个项目的念头。他不想只当一个宣传工具，他想向父亲证明他有能力操作项目，并把控好全局。

父亲阅人无数，怎会看不出他的这点小心思。

在昌璟泽提出自己的想法之前，父亲就率先找到他，给了他一个需要独挑大梁的新项目。

蓝象科技的宣传语一直以来都是"当你想象一只蓝色的大象时，我们已经让它诞生"。

它想向消费者传达"我们的科技与产品总是快人一步"的理念。但事实上，他们并没有真的让这个世界多一只真实存在的蓝色大象。这一次，昌璟泽的任务就是要将这句宣传语变为现实。

虽然项目依旧是父亲安排的，但能参与到实际的科研工作中去，并担任总负责人，昌璟泽还是满怀兴奋、跃跃欲试的。

然而当他真正开始着手这个项目时，无措感立刻给他带来了巨大的压力。他之前根本没有接触过生物改造，对整个项目如何开启完全摸不着头脑。可他不想就这么举手投降，让父亲失望。于是他向朋友们"求救"，请他们介绍生物专业的人才。

姚珂的名字就是在这时出现在他的视野中的。

〔02〕

姚珂是法国斯特拉斯堡大学生物学研究生，毕业之后，她被教授举荐，留校任教。

虽然已经习惯了现在的环境，可渐渐地，回国发展的念头开始在她的脑海里徘徊。

一是因为父母年事已高，身体也出现了各种各样的状况，她有些放心不下。二是因为，她也有点厌倦二十几年如一日的校园生活了。

她需要在国内找一份不错的工作，既能看顾父母，也能让自己的才华得到施展。

朋友将这件事告知了昌璟泽，昌璟泽却并没有急着直接联系她。

他知道姚珂的课有几个线上旁听的名额，于是特地抢了两节，亲自上线去听。

其实昌璟泽是没有抢课资格的。但值得庆幸的是，该学校如今用的网课系统就是蓝象科技的网课系统，所以校方破例给了他这个机会。

他在办公室里上线，视野中很快出现法国教室里的画面。

姚珂穿着一件白衬衫，颇为干练地站在讲台上，用字正腔圆的英式英语讲述关于合成生物学的内容。她的讲解逻辑清晰，直截了当，通俗易懂，纵使对生物学一窍不通的昌璟泽，也能很快理解她所讲的内容和原理。而她对各项研究发表的个人看法更是犀利而睿智，令他心生佩服。

昌璟泽很快意识到，她就是自己要找的那个人。下课的时候，他叫住她："姚老师，请等一下，我有事想与你聊一聊。"

她站在讲台上对着他笑："昌总，有些事可能不方便在学校聊。"

她知道他的身份，也知道他的来意，这令昌璟泽有些意外。但他转念一想，爆满的课堂，八十几个学生，她仍在众人里发现了他，并猜到他到来的意图，正好说明她细致又聪慧。

于是他心一动，说："那我们云上百货见。"

这是昌璟泽与姚珂的第一次约会。

他们约在"云上百货-法国F7区"的休息室见面。

昌璟泽夸她敏锐。

姚珂轻轻摇头，说："不是我敏锐，是你们开发的网课系统方便，我一眼就能找到与众不同的那个抢课者。不过网课系统跟这个云上百货相比，真的是小巫见大巫。我每次登录这里购物时都很惊讶，你们竟能打造出一个这么庞大的乐园。"

"稳定又有沉浸感的购物体验的确不是每家科技公司都能做到的，这正好说明我们的技术和资本实力都值得信赖。"

昌璟泽说得一本正经，让姚珂忍俊不禁："您真的很像新闻发言人。"

昌璟泽一愣，眉头却舒展开来："不好意思，我习惯了。"

姚珂又笑，说："所以，您这次找我是想让我帮忙做什么呢？"

昌璟泽见她开门见山，便也爽快地将手头的新项目透露给她。

姚珂听完，非但没有露出感兴趣的表情，反而紧皱起眉头。

"昌总，改变动物本身的肤色是一件很危险的事。"她严肃地说，"我很想知道，你们做这个研究，后续的盈利是在哪个方向？"

昌璟泽没想到她会这么快问出这个问题。

其实从一开始，他也对父亲开发蓝象的项目感到困惑。他并不觉得一只蓝色大象的诞生，会给公司带来巨大的收益。

他向父亲询问缘由，父亲抬头看他，眼角的皱纹层层叠叠，像沉积岩的纹理。

他顿了顿，缓缓吐出一口烟，这才开口："到了我们现在这个位子，有些项目的开发并不单纯是为了钱。"

"那是为了什么？"

"为了自己吹过的牛。"

这个理由让昌璟泽颇感意外。

父亲笑起来，说："有时候，事情远比你想象中简单。你知道我们公司为什么叫蓝象吗？"

昌璟泽对这件事有一点印象。

"因为我小时候用蓝色的画笔画了一只大象，送给您当父亲节礼物。"

父亲点点头，说："而我之所以想让真正的蓝象诞生，是因为，创业后我定下的那句宣传语一直被圈内的朋友揶揄'你们怎么还没让蓝色的大象出生？这不是虚假宣传嘛'。虽然他们是在开玩笑，但以我的性格，我无法忽视这一点。你上任后，我把这个项目交给你，一是想给你一次独自执掌项目的锻炼机会，二是觉得没有人能比你更合适去实现它。毕竟从一开始，就是你创造了蓝象。"

"只是这个原因？"

"只是这个原因。"父亲笃定地说。

但说实话，昌璟泽并不完全相信父亲给出的这个理由。

可面对姚珂的提问时，他也只能用它来解释了。

姚珂果然也露出狐疑的神色。

"您知道，动物的肤色能被改变，会对人类产生多大的影响吗？"她担忧道，"如果有人想要改变自己或别人的肤色……您真的觉得这项技术不会因此而获利吗？到时候，它挑战的可能是社会伦理！"

"我觉得你不必对此太过多虑。"昌璟泽沉默了一会儿，说，"科技总是有利有弊的，我们不应该完全拒绝它的出现。只要有规范，有控制，科技还是能带我们抵达我们想要去的地方的。而且我们这个项目，本意也就只是让我们的宣传语成真罢了。它更像是我们商业策划上的一个噱头。如果你对此仍然担忧，那么我愿意与你签一份协议，明确这项研究只在动物身上进行，如何？"

这下换姚珂沉默了。

过了良久，她才问他："您为什么这么执着于这个项目呢？是为了实现父亲的愿望？"

这个问题，昌璟泽其实也问过自己很多遍。

后来他不得不承认，那时的自己其实并不真正关心这个项目的科技会给世界带来怎样的改变，他只想漂亮地完成父亲交给他的任务，一点一点拿到他作为CEO真正的权力。

〔03〕

那天，姚珂犹豫了很久，还是没有答应昌璟泽的邀约。

昌璟泽虽然当下表示理解，之后却仍多次亲自或派助理去跟姚珂商谈。来来回回数次未果后，他才把目光转移到其他生物学家身上。

　　只是听了无数节线上网课，邀约了无数个学者见面洽谈后，昌璟泽依旧没有找到比姚珂更合适的人选。他渐渐失去耐心，甚至开始恼火。

　　助理不解，劝他说："其实××教授也挺好的。您为什么一定要选姚珂呢？"

　　他想了想，也只能给出一个模糊的答案："因为感觉。"

　　昌璟泽笃信自己的第一感觉。就像从小到大买东西，只要他率先认定"就是它了"，那么任何事情都很难让他做出改变。

　　于是整个项目陷入僵局。

　　出人意料的是，最后打破这个僵局的人是姚珂的父母。

　　步入晚年的二老，身体上或多或少出现了一点状况。虽然都不是什么大病，却给他们带来衰老的恐惧。他们开始购买保健品，并被忽悠着不惜借钱投资保健品公司的项目。他们以为自己可以创造事业的第二春，却弄巧成拙，欠下一大笔荒唐的债。

　　这让远在他乡的姚珂大为震惊，也让她更加坚定了回国发展的决心。

　　昌璟泽得知此事后，再次亲自拜访姚珂，并提出丰厚的条件，这才让她松了口，答应加入他的项目。

　　刚好姚珂教授的课程结束了，她才得以快速地办理了离职手续回国。为表诚意，昌璟泽亲自去机场接她。

　　在熙攘的人群里，他一眼就认出连走路都雷厉风行的姚珂。

　　"你比我在线上看到的还要瘦。"昌璟泽知道夸女生瘦是最讨她们欢心的事，于是与她如此开场。

谁知姚珂拍了拍肚子，说："那还不是多亏了你们家研发的胃部智能薄膜。"

"你也做了这个手术？"昌璟泽惊讶地问她。

姚珂扑哧笑道："骗你的啦。我搞科研太辛苦，想胖都难。不过瘦总比过劳肥去做胃部手术要好。我知道很多经济条件普通的女生为了获得注入胃部智能薄膜的资格，不惜倾家荡产呢。"

昌璟泽不置可否地解释："胃部智能薄膜的项目的确很受女生的欢迎，但一开始，我们真的只想让它面向高端用户。后来是因为群众的呼声太高，才渐渐开始向普通用户发展的。"

听他这么说，姚珂快速地接话："你看，这就是一项新科技给社会带来的影响。这种影响力往往比我们预想得更强大。所以我们之前说好的协议仍然要签署——本次项目，只在动物身上进行。"

她是个聪明人，聪明人从不轻信他人的言语，所以凡事她都要用法律合约为自己规避后续可能出现的麻烦。

昌璟泽没想到她能把"瘦"的话题巧妙地绕到这件事上，不禁又对她生出几分喜欢来。

姚珂的加入让整个项目终于有了眉目。她以自己专业的眼光替昌璟泽招兵买马，很快就组建起一支共计八人的科研团队。

昌璟泽则为他们打造了一片生态园，引进了几头大象当实验对象，并在生态园旁边建造了一栋全新的科研所。从外观上看，它像是高级的度假别墅。走进楼里，白色的极简风构造出一片科学家们梦寐以求的实验天堂。

姚珂因此确认，昌璟泽对这个项目是真的万分看重。

为了不辜负他的信赖，她全身心地投入到工作中。

昌璟泽就算在深夜拜访，也总能看到她端坐在实验台前，细致又认真地操作实验器材。实验室里的白炽灯光落在她身上，勾勒得她周身微微发亮。昌璟泽想，或许是她本身在发光。

大抵是感受到了昌璟泽长久的注目，姚珂微微挺了挺腰板。

"昌总又来监工了？"她语气温和，略带调侃，目光却未从显微镜上移开。

昌璟泽低头一笑，关心道："你也别忙太晚了。"

"老板时不时出其不意地深夜探访，我哪敢真的早睡。"她跟他开玩笑，说，"职场不易，我还是得在老板面前表现得认真刻苦些的。"

昌璟泽忍着笑，向她道歉："给你带来压力，是我鲁莽了。"

话虽这么说，但下次昌璟泽还是照常来。

只是他并不总是抱着监工的心态来。他清楚地知道，有时候，自己只是想过来看一下姚珂而已。

〔04〕

昌璟泽在工作上有野心，也敢于争取，在感情上却并不直接主动。后来，还是姚珂先问他："你是不是喜欢我？"

她问出这话，是在一个晴朗的下午。

昌璟泽结束了公司的会议来找她，发现她正在生态园亲自动手给大象冲澡。

"为什么不用机器直接给它洒水？"他指了指一直盘旋在天空的奥斯，问她。

奥斯本来是给普通人拍摄vlog使用的。但为了这个项目，他特地定制了特别款，可以用来监控大象的生存状态，也可以安装喷水系统，给生态园降雨或者给大象冲澡。不过姚珂从未使用过后面这种功能。

"当然是为了跟实验对象培养感情了。"她一边解释一边按下喷头的开关。

强度适中的水柱喷到大象身上，令它发出愉悦的低鸣。昌璟泽看到四溅的水花折射出彩虹，悬在姚珂身旁，像童话电影里的场景。

一时间，他忘了接话，久久凝视她那张白皙的脸庞。

姚珂像是有所感应似的突然转头，问他："你是不是喜欢我？"

昌璟泽的目光躲闪不及，直直地与她撞上。一阵猝不及防的尴尬砸得他有些眩晕。

"有这么明显吗？"他的嘴抿成一条直线，脸上却露出笑意，"那你喜欢我吗？"

姚珂没急着回答他。她认认真真地给大象冲完澡，然后在收手时，突然把特制的喷水枪指向了昌璟泽的脚下。水花在昌璟泽的脚边溅起，惊得他快速跳开。

女生咯咯地笑起来，收起喷水枪，转身朝着科研所走去，只留下比午后暖风还要轻盈的一句"你猜"在空气里打转。

答案如此昭然若揭，昌璟泽没有猜不出的道理。

于是他在水珠弥蒙的空气里轻轻跃起，握拳振臂，如同打赢了一场球赛似的，发出兴奋的欢呼声。

灰色的大象则在他身后卷起长鼻，再次低鸣。

一直盘旋在上空的奥斯将这画面与声音快速存档。

这是他们相恋伊始。

和昌璟泽在一起后，姚珂多了一份为爱人努力的决心，反而更加刻苦工作。

那阵子，基因编程的实验遇到了瓶颈，她和团队每天都熬夜寻找纰漏。时间一久，团队里的成员受不了了，一到休息时间就立刻窝到科研所里的休息室睡觉，科研室常常只剩姚珂一个人。

昌璟泽知道此事后，勒令姚珂休息。姚珂嘴上答应，晚上却辗转反侧，从床上爬起来，继续挑灯夜战。

昌璟泽看不下去，威逼利诱让她搬到了自己的住所。

那是蓝象科技开发的四季之境，离他们的科研所有一定的距离，直接断了姚珂的念想，让她得以有了安心休息的机会。

经过这样的调整，姚珂的精神面貌得到了改善，反倒精准地找到了实验的突破口。

可转眼，新的压力又来临了。

"明天就要对母象进行人工受孕，我心里还是很忐忑。"那天夜里，姚珂又一次失眠。

昌璟泽特地贴心地将别墅外的季节改成了冬天，让花园里下起绵绵白雪。然后，他生起屋内仿真的炉火，让木柴燃烧的声音和屋内的暖气给姚珂带来宁静的舒适感。

"别担心。"他从姚珂的身后环抱住她，将下巴抵在她的肩膀上，轻声安慰。

他温暖的胸膛紧贴姚珂的背脊，令她感受到一丝安全感。

她终于能像过往的夜晚一样，在他怀里安心地入睡了。

〔05〕

姚珂率领的团队在给母象人工受孕之前，做足了各项准备工作，所以整个过程比想象中要顺利很多。姚珂后续观察发现，所有实验的母象都怀上了"蓝象"的胚胎，这让她松了一口气。

与此同时，他们调用了近些年被科学界允许的、证明过不会影响动物胚胎健康的生长液，将母象的孕期从二十个月到二十二个月，缩短为十个月到十一个月，以此大大减少整个实验的等待过程。

之后的日子里，他们需要时刻监控母象的生活状态，以及"蓝象"胚胎的生长情况。

但这比前期的基因编辑简单不少，姚珂也终于有时间闲散下来。

也是在这期间，她感觉自己的身体发生了一些变化。

犯困、尿频、作呕……种种症状让她意识到了什么。

于是她从家中的医药箱里找出了一键检测健康的仪器，以印证自己的预感。

果不其然，健康仪器显示——她怀孕了。

这个意料之中的结果令她喜悦，也让她忐忑。忐忑，是因为她吃不准昌璟泽是否想这么快就成为一个父亲。

不过姚珂的担忧很快就烟消云散了，昌璟泽听到她怀孕的消息，是惊讶而欣喜的。他希望这个孩子诞生，甚至迅速开始思考给孩子取个怎样的名字。

姚珂笑他，说："这些事还早得很。"

昌璟泽却表示，时间眨眼而过，孩子的事必须提早准备起来。

姚珂受他的影响，越发期待肚子里的孩子呱呱坠地的那一天。

昌璟泽这时又想到："蓝象是不是也在同一个时间段出生？"

姚珂算了算，发现的确如此。

于是昌璟泽幸福地笑着说："那岂不是双喜临门？"

那时，他们笃定地认为，一定可以收获两份喜悦。然而，生活总有意外。

姚珂怀孕后，昌璟泽曾建议她在家安心养胎。姚珂却轻轻弹了弹他的脑袋，说："现代职场，哪有这么好的事。而且我坚持继续工作，除了舍不得放下蓝象这个项目，还有一个原因……我害怕自己窝在家里会闲出病来。"

昌璟泽听她这么一说，便由着她去了。毕竟科研所的住宿条件也不差，姚珂若真累了，还是能很好地休息。他宽心地想，然后就专心去忙自己的工作。

最近，他有一场新品发布会要主持。

之前蓝象科技推出的智能口红得到了很好的反响，智能彩妆部门乘胜追击，推出了各种新产品。昌璟泽哪懂彩妆，只能临时抱佛脚在团队里学习，以免在发布会上露怯。有时候，他一忙就要忙到深夜。

姚珂体谅他的辛苦，从不要求他抽空来接自己回家。

后来，因为觉得自己上下班太麻烦，昌璟泽又时常加班没空回家，姚珂干脆重新住回了科研所里。她觉得身边还有其他同事照应，总比住在空荡荡的四季之境要好。

结果就是这个决定，差点要了她的性命。

那天深夜，姚珂被尿憋醒，起床去了一趟厕所，之后却怎么也睡不着觉。翻来覆去良久，她决定干脆起床去实验室整理资料，等待困意再次来袭。

然而才步入实验区，她就察觉到了不对劲。走廊里的灯全坏了，没有一盏感知到她的出现应声亮起。

一种不祥的预感猛地在她心中升起。

她想要撤退，想要打电话求助，然而背后的黑暗里突然伸出一只戴手套的手来，一把捂住了她的嘴。

"嗯——"

浓稠的夜色中，姚珂猝不及防地被入侵者拖进了一旁的实验室里。

上学的时候，姚珂曾听教授说，有科研所发生过竞争对手想要销毁实验数据而入室杀人的惨案。那时她只把它当成逸闻来听，没想到有一天，自己会碰到类似的情况。

内心的恐惧排山倒海般袭来，姚珂一边挣扎一边不自觉地捂住了肚子。

入侵者以为她在寻找防身的武器，眼明手快地一把抓住了她的手。

姚珂痛得快要流泪，但她急中生智，趁着对方短暂的分神，用身体狠狠地撞向他。男人没想到她有这么大的力气，差点一个踉跄跌出去。

然而他明显受过专业训练，很快便稳住了自己的身体。

而姚珂已经朝着实验台扑过去。她故意掀翻台子上的药瓶，让它们纷纷碎裂在地上，发出剧烈的声响。刺鼻的化学剂的味道瞬间弥漫开来，男人愤怒的双手此时再次擒住了姚珂的身体。

他的手用力掐住了姚珂企图呼救的喉咙。

空气被阻隔在喉咙外，窒息的感觉令她浑身颤抖。

"怎么回事？刚才是有什么东西被打破了吗？为什么安保系统完全没有反应？"

"走廊的灯怎么也坏了？"

就在姚珂快要失去知觉以前，同事的声音零零散散地在实验室外响起。

掐着她的男人心一惊，松开了手，夺门而出。

"喂！是谁？！"

走廊里响起嘈杂的呼喊声，姚珂却没心思去聆听。此刻，她躺在地上，大口大口地呼吸，然后剧烈地咳嗽起来。

〖06〗

昌璟泽很快就知道了姚珂入院的消息，他丢下手头的工作，迅速赶往医院。抵达时，姚珂已经从慌乱中缓过神来，反而昌璟泽才是那个惊魂未定的人。

他急切地握住她的手，问她："你还好吗？"

姚珂的手指轻轻用力，给了他安定的回应。

"你别担心，只是磨破了点皮，其他没什么问题。"她说，"医生已经过来给我做过孕检了，宝宝也没什么大碍。"

听到她这么说，昌璟泽才终于放下心来。然后他咬牙切齿地发誓，自己一定会逮到那个入侵者。

可事实上，这并不是一件简单的事。据警方调查之后推测，对方是有预谋地入侵科研所的，并没有留下什么有用的证据，也没有带走什么——大概是还未得手就被突然出现的姚珂搅了局。

"不过就算调查再困难，我们也不会放弃追查的。"警方这样跟昌璟泽许诺，昌璟泽也只能表示相信。

他加强了科研所的安保系统，还派了几个专业保镖驻守，外人入侵的风波似乎就这样随着时间流逝而渐渐淡去。

在这期间，昌璟泽成功完成了智能彩妆的新品发布会，终于有时间来陪伴姚珂。姚珂也慢慢减少手头的工作，开始等待肚子里的宝宝降临。

一切都在往美好的未来发展，直到有一天，昌璟泽下班回家，听到了姚珂的尖叫。

昌璟泽连鞋都来不及脱，就循声冲进了卧室。然后他看到姚珂手足无措地站在房间里，一脸惊恐地看着他。她的身下，鲜血一滴滴地往下掉，地上一摊触目惊心的红。

那时是怎么将她送到医院的，昌璟泽已经记不起来了。

他只记得，自己在手术室外焦虑恐惧到眩晕，医院空荡荡的银白色走廊开始在他的视野里倒转。

他扶住身边的墙壁，给医院的院长打电话。他求他、威胁他，一定要救救他的妻子与孩子。可纵使他拥有巨大的财富、神通广大的人脉，也无法阻止死神无情地收割。

姚珂活了下来，他们的孩子却失去了拥有未来的权利。

那是昌璟泽二十几年来最灰暗的日子。他们准备的婴儿用品、取好的名字，以及畅想过的幸福未来，都被无情地封印起来。

他只剩下刺心的悲痛，仿佛有谁拿用火烫过的针扎在了他的心上。

但他知道，姚珂比他更痛苦，更受打击。毕竟那是她怀胎数月的血肉，是不可磨灭的羁绊。

昌璟泽明显感觉到，失去孩子后，那个在讲台上挥斥方遒的人不见了，那个在实验室里苦心孤诣的人也碎裂了。姚珂的生活被眼泪和悔恨填满。

她说她不清楚为什么会这样，明明那晚意外过后，她的身体检查完全正常……难道是因为她吸入的那些化学药品的作用？它们蛰伏在身体里，从而引发了这场悲剧？

尽管医生并不确定这就是她流产的诱因，但姚珂已陷入自我的责备中。

"如果我早一点察觉到不对劲，或许孩子就能活下来。"她时常悔恨自己没有每天使用健康仪器检测自己的身体状况。

也正因为明明有机会规避风险却错失了良机，让姚珂越发懊悔。

昌璟泽看着她失魂落魄的模样，心疼不已。

"那不是你的错，谁也无法预料会有意外发生。"他抱着她，一如既往地用下巴抵着她的肩膀，企图安慰她。

可她依旧忍不住哭，嘴里低声呢喃着"对不起，对不起"。

他不知道她在跟谁道歉，也许是对孩子，又也许是对他。反正不是对她自己。

"姚珂……"他悲伤地喊出她的名字，想要再说些什么，可语言在此刻失了效。

有眼泪滴在他环抱住姚珂的手上，他分不清那眼泪来自姚珂，还是他自己。

〔07〕

昌璟泽带姚珂去看过心理医生，也策划过各种各样的活动，想让她从伤痛里走出来，可结果收获甚微。最终让姚珂转移注意力的是他们培育的小蓝象诞生了。

昌璟泽虽然预想过真正的蓝色大象的模样，但亲眼见到它出现在生态园里，仍感觉神奇。

不过它们的蓝是天空色的淡蓝，因为与灰色调相近，所以看上去并不突兀，甚至让昌璟泽觉得有些可爱。

而对于姚珂来说，这些倾注她无数心血的小蓝象，也是她的孩子。她开始停止悲伤，把精力转移到对这些小蓝象的照料与观察上。

为了监测它们的成长状况，姚珂升级了生态园的环境，也购进了一批新的奥斯。她又回到了专业刻苦的研究者状态，生活似乎也因此有了新起色。

尽管姚珂不再像往常一样笑容爽朗，但她如今表现出的平静与祥和，还是给昌璟泽带来了莫大的安慰。每次看到她站在生态园里给小蓝象们冲澡，他都会感觉心里碎裂的伤口正在一点点地愈合。与此同时，他也因自己执掌的项目终于成功而感到开心。

不过为了谨慎起见，他和姚珂领导的团队依旧未向外人公开过这个消息。

"以蓝象目前的状况，不足以证明这次科研项目是成功的。"姚珂解释，"我们必须等到它们长得足够大，才能确定我们对它们的改造是成功的。"

昌璟泽表示理解，说："我可以等。"

姚珂不再接话，转头又走向生态园。

近些日子，她待在生态园的时间越来越长，对小蓝象们的关怀也越来越多。昌璟泽想，或许是她把自己对孩子的情感完全寄托在了小蓝象身上吧。

他有点担心她对小蓝象们倾注太多的精力，但他没有办法阻止她。那是她如今难得的慰藉。

正因为懂得小蓝象们对姚珂的重要性，所以当其中几只夭折在生态园时，昌璟泽感觉自己如临大敌。

"这是怎么回事？"看着倒在地上已经没有了气息的几只小蓝象，昌璟泽皱紧了眉头。

"昌总，生物实验出现这种状况其实是很正常的。"旁边有负责科研的同事无奈地跟他解释。

昌璟泽叹了口气，担忧地看向蹲在小蓝象尸体旁的姚珂。

刚刚她得到消息，几乎是飞奔到生态园的，所以现在鞋子上沾满了泥土，头发也凌乱地披散下来，衬得她脸上悲伤的神情更让人心生怜悯。但这一次她没有哭。

她伸出手，不舍地轻轻抚摸着面前闭上眼的小蓝象许久，才转头问旁边的同事："还有几只活着？"

"只剩两只了。"同事小心翼翼地说。

他们都怕这次的事件会给她带来更大的打击，但姚珂出乎意料地呈现出一种冷静来。

她站起来，挺直背脊，目光灼灼，语气硬朗地说："我们必须让它们活下来！"

那一刻，昌璟泽在她身上看到了一股韧劲，一种似乎专属于母亲的韧劲。

然后他听到象的低吟，悲伤地在辽阔的空中盘旋。

〔08〕

死去的小蓝象的尸体被搬回实验室，做进一步的解剖分析。活着的两只蓝象则被更加悉心地照料。它们的二期实验也已经开始着手准备……

几个星期后，昌璟泽在家中审查蓝象项目的进展，为一切事物保持有序进行而松了一口气。

接着，他接到了父亲发来的视频电话。

父亲说，当时入侵科研所的犯人已经找到了，他声称是因为发现附近新建了个科研所，想到里面应该有贵重的实验器材，所以才策划了这次入侵……

"就因为这个吗？"昌璟泽语气冷冽地说，"您觉得姚珂能接受这个理由吗？"

父亲在视频那头久久地沉默，直到后来，才重重地叹了口气。

挂断父亲的视频后，昌璟泽决定不将犯人被捕的事告诉姚珂。他不想再让她回忆起过往的不愉快，也不想让她纠结于事情的真相。

既然一切都已经发生了，也已经过去了，那么……就这样吧。

无力感像海绵，软软地包裹住昌璟泽。他给自己倒了一杯烈酒，灌下喉，然后在微醺里入睡。

第二天，昌璟泽是被科研所同事的电话吵醒的。

醒来后，他发现姚珂没有躺在自己身旁。他花了一点时间，想起她昨天说要住在科研所里，不回家，不禁对这通电话产生了不好的预感。

他皱着眉头接起，同事颤抖的声音证实了他的担忧。

"昌总，姚老师不见了！她把所有的实验资料都带走了！我们在科研所找不到她，打电话也没人接……"女生紧张地努力说明。

"你们单凭这几点就断定她不见了？"也许她正在回家的路上呢，他这么想着，说，"说不定她只是没打招呼就回家了而已。"

"所以是您让她把所有资料带走的吗？"

昌璟泽沉默了一会儿，说："不，我没有让她做这事。"

"我们也觉得不是您的主意。"

"为什么？"

"因为她把整个项目给毁了。"

"什么？"昌璟泽整个人都清醒过来。

对方顿了顿，鼓起勇气解释道："因为她亲手杀死了仅剩的那两只蓝象。"

〖09〗

生态园里奥斯的记录全部被人为删除了。众人翻查后发现，唯一留存下来的一段记录，是姚珂用药剂毒死蓝象，并将它们烧毁的画面。

姚珂是故意将这个画面留下来的。她要告诉他们，是她自己放弃了这个项目，然后带着所有资料消失了。

可她为什么要这么做呢？她明明那么关爱这些小家伙，曾经还信誓旦旦地说要将它们培育长大！

昌璟泽看着生态园里被火灼烧得焦黑的土地和蓝象的骨灰，感到一阵心悸。

难道……

他错愕地思索着。

忽然，他的余光瞄到地上散落的奥斯。姚珂将它们关闭后，它们就一个个落在了生态园里。同事将它们集中到一起，但是……好像有什么不对劲。

昌璟泽眉头一皱，打量着地上的奥斯。

他想起姚珂曾增订了一批奥斯，但他后来来到生态园，仍觉得天上空空荡荡的……

"这就是生态园里全部的奥斯吗？"昌璟泽发现了端倪，问身边的同事。

"嗯。"同事回答。

"最初那一批呢？"

"都在里面呢。"

不对，数量不对！昌璟泽仿佛意识到了什么，丢下众人，开车回家，仔细翻找家中的各个角落。

果不其然，在多个暗角里，他都发现了被改了设置的奥斯。

很明显，姚珂在监控他。所以她应该听到了昨晚他与父亲的对话……

父亲昨晚在重重地叹气后说："虽然那个犯人坚称自己是为了偷盗贵重器材才进入科研所的，但我知道，那并不是他真正的目的。"

他跟昌璟泽道歉，并承认自己曾在与圈内老板们的聚会上透露过蓝象的项目。当时他喝得有点高，在众人的起哄里又吹起牛来。他说，蓝象这个项目若是运用到人身上，或许会有暴利。

希望自己的孩子有某种肤色的父母，追求特立独行的年轻人……他们或许都会愿意花高价来享受这项技术。

大家听完纷纷揶揄他，说："谁会真的想要改变自己的肤色啊。"

可事后说不定有人对此产生了高度的兴趣，想要剽窃实验成果，于是派人入侵了科研所。

然后，蝴蝶效应开始了。命运的多米诺推倒了名为死亡的骨牌，带走了姚珂肚子里的孩子。

敏锐如姚珂，当失去孩子后，她就猜到科研所被入侵一事一定与他们公司有关。所以她才会在家里藏下这么多奥斯，以此来捕捉真相。

昨晚，姚珂终于印证了自己的猜测，明了了事件的源头。

她应该是怨恨他们父子，所以才销毁一切，消失了吧。

昌璟泽盯着卧室里的奥斯失了神。

〔10〕

昌璟泽想要找到姚珂，向她道歉。可她聪明地掩盖了自己所有的记录，连带她的父母都消失得无影无踪。

发出去的消息、拨打的电话，从未得到回应。直到有一天，他突然接到了来自海马回诊所的消息。

海马回诊所的负责人给他打电话，说："姚小姐想在做手术前见一下你。"

"什么？她要做手术？"

"嗯。"对方好像在电话那头点了点头，"她准备做记忆清除手术。"

昌璟泽在原地错愕片刻，然后飞奔出门。

十几分钟后，他在海马回诊所见到了多日不见的姚珂。

她神情憔悴，黑眼圈浓重，整个人变得十分消瘦。

"姚珂……"昌璟泽轻声叫她，跟她说对不起。

姚珂凄凉地一笑，摇了摇头，说："其实都是我的错，是我没有守住自己的底线。我知道你们这些商业公司开发项目最主要的目的就是为了赚钱，但我仍心存侥幸，觉得你们不会将这项技术运用到人身上。可事实却是，你的父亲心中是有这个计划的。我不知道这个项目真正完成后，你们会拿它做什么……"

"对不起。"昌璟泽发现自己除了道歉，什么话也说不出来。

姚珂又继续说道："而令我最担心的事已经被证实了。我们的项目内容被泄露，所以才会有人入侵科研所偷盗。虽然那个人没有成功地偷到我们的科研成果，但保不齐他背后的势力还会想方设法，通过别的方式得到我们的各项资料。我很担心，万一他们之后得逞了呢？他们会不会直接运用在人的身上？"

"你担心有人会用这项技术改变母亲肚子里孩子的皮肤肤色？"

姚珂点点头："不管他们是出于何种目的，我都不能让这件事发生。"

"为什么？"

"因为……死亡率太高了。"姚珂说，"那些激进的商人能派人偷盗我们未完善的科研成果，我就有理由相信他们会忽视这一点，直接将它运用到孕妇身上。"

她顿了顿，又继续说道："我失去过孩子，所以知道死亡带来的痛苦。我不想有母亲因为我的技术失去她的孩子，我也不想让原本可以平安降生的孩子，因为我的技术失去生命。"

昌璟泽想起那些死去的小蓝象，问她："所以你亲手杀了仅剩的那两头蓝象？"

姚珂点了点头。

"我觉得，改变肤色这件事对人来说并没有那么重要，接受自己本来的色彩才是正确的选择。"她一字一字地说道，"亲手杀死那两头蓝象，对我来说是很艰难也很痛苦的事。但为了不让更多的悲剧发生，我只能让它们从这个世界上消失。"

她的眼泪流下来，肩膀也跟着开始抖动。昌璟泽仿佛能感觉到她的心痛，跟着握紧了拳头，任指甲深深地掐进手掌心。

"我以为结束了项目，离开你，离开科研所，就会让一切好起来。但事实上，我发现我仍然陷在痛苦里。我时常想起死去的孩子，还有死去的蓝象……我十分后悔自己答应了你参与这个项目……我发现我没有自己想象中那么坚强，我承受不了这些回忆，于是只能来这里将它们清除。"

她的声音微弱，像是遥远的呼救。

昌璟泽心疼地走过去，抱住她，却说不出一句话来。

下一秒，姚珂轻轻地从他的怀抱里挣脱开来，说："昌璟泽，我叫你来这里，是希望我们能有一个正式的了断。"

昌璟泽感觉自己的心被揪紧。

他问她："姚珂，你恨我们吗？"

他知道，若不是自己三番四次地邀请她、怂恿她，她不会经历这些。若不是父亲的口无遮拦，她也不会经历丧子之痛。

他很难过，自己给她带来了这么大的伤害。

而这头的姚珂沉思很久，才又开了口："我不知道，也许吧。"

昌璟泽感觉自己被人从悬崖上推到了谷底，但他仍不死心地哀求她："其实我们可以重新开始的。"

姚珂沉默了。待她的记忆清除以后，他们真的可以重新开始吗？她低头思索，久久不知该如何回答他。

最后，还是陪她来的父母给他们做了决定。

他们坚定地横在他们中间，对昌璟泽说："昌总，只有你离开阿珂，对她来说才是最好的重新开始。"

他们的态度十分坚决，令昌璟泽明白，他待在姚珂身边已是不被祝福的事。

那一刻，他突然泄了气。

"对不起。"他郑重地道歉，然后迅速转身，离开了诊所。

他怕自己多待一秒就会在他们面前崩溃，他不想与姚珂的这次见面变得彻底的狼狈不堪。

〔11〕

姚珂清除了与昌璟泽有关的记忆后，跟随父母离开了他所居住的城市。

蓝象科技也停止了让真实的蓝象诞生的项目，昌璟泽独挑大梁的第一次尝试就这么以失败而告终。但后来，他的父亲觉得自己衰老后失误变多了，仍将公司的掌控权一点一点交给了他。

几年后，昌璟泽开发的太空跳伞项目获得了业内人士的肯定，他便不再以发言人的身份出现在公共场合，而是将重心转移到幕后，潜心研究各项新科技。

不过纵使时光飞逝，他仍会想起姚珂，想起那些蓝色的大象。

它们在不断地提醒他，科技暗藏陷阱，并不总是将我们带去美好的未来。

所以后来他组织了一个调查部门，专门负责收集蓝象科技旗下产品的用户反馈。无论是好的消息，还是坏的反馈，都被写进调查报告里。

这些记录了用户和蓝象科技产品故事的调查报告，打印出来有厚厚一沓，宛若一本书。

昌璟泽将它们放在自己的书架上，时不时拿下来翻阅。

比如在重新遇见姚珂的今天。

昌璟泽坐在书房里，点亮夜灯，再次打开它们，重新开始阅读。

他知道最后一个故事是关于他与姚珂的，但他并不急着去回顾。

因为夜还很长，他可以从头读起来。

这么想着，他的目光落在纸上。

第一个故事——《云上乐园》……

后记：星之所想

　　二〇一九年七月，我写出了轻科幻短篇小说《云上乐园》，发表在《爱格》杂志上。我问我的编辑绿猫，能不能把它写成一个系列？她说可以试试，于是我便开始了长达十一个月的创作。我几乎以每个月只写一篇的节奏，字斟句酌地磨出了这本书。

　　如今，回看这十个篇章，我都觉得不可思议，我居然真的把它们写完了！

　　我清晰地记得创作它们时的艰辛，尤其是写到后面，我甚至开始焦虑，时常在书房里走来走去，宛若一个疯子。每天晚上，我还会为构建它们而翻来覆去睡不着觉，清晨四点打开笔记本整理提纲的事也屡次发生。但幸好，熬着熬着，它们终是有了自己的模样。

我希望这些小小的故事，能让读到它们的人感到有趣或是有所收获与思考。哪怕只是一点点。

　　至于我为什么把这个系列取名为"蓝象"，是因为我在书写时，想到了一个著名的心理实验。这个实验要求参与者"不要去想一只粉红色的大象"，但没人能够做到。我想，这就像让我们不去畅想未来一样，我们是无法做到的。于是我结合自己喜欢的颜色，将书里的科技公司取名为蓝象。而蓝象所创造出的科技产品，组成了一个未来的乐园……

　　尽管我写的是未来的故事，但读者阅读时会发现，它们其实都是基于我们目前的现实而进行的畅想。我也刻意不在故事里提到具体的年份，因为我觉得，书里的很多创意可能即将出现在我们的生活中。我们或许已处在未来里。

　　同时，这也是十个关于爱情的故事。我虽不信永恒的爱情，但喜欢爱情这个东西。它会让人盲目、疯狂、失控，也会让人浪漫、勇敢、无所畏惧，是比宇宙还要奇妙的存在。所以，我也祝愿大家，能够享受相爱的过程，拥抱属于自己的幸福！

写这本书，花了十一个月的时间，我希望我们都能有美好的未来。
在此，感谢我的编辑绿猫，陪我一起创造了这个"乐园"。
感谢各位的阅读，让它们的存在有了意义。

最后，谨以此书献给我最亲爱的弟弟金璐意。
我会永远想念你，
直到我们未来再相遇。

二〇二〇年五月二十五日凌晨